书
有
道
，
阅
无
界

肖红 ——————— 著

我心归处

肖红诗选

SPM
南方传媒

新世纪出版社

·广州·

图书在版编目（CIP）数据

我心归处：肖红诗选 / 肖红著 . -- 广州：新世纪
出版社，2025.5 -- ISBN 978-7-5583-4842-6

　Ⅰ . I227

中国国家版本馆 CIP 数据核字第 2025C3A181 号

出 版 人：陈志强

策　　划：邹雄彬

责任编辑：赵晗啸

责任校对：叶　莹　毛　娟　黄鸿生

责任技编：陈静娴

我心归处：肖红诗选

WO XIN GUICHU: XIAO HONG SHIXUAN

出　　版：新世纪出版社

　　　　　（广州市越秀区大沙头四马路 12 号 2 号楼）

发　　行：广东阅客文化发展有限公司

印　　刷：深圳市精彩印联合印务有限公司

　　　　　（地址：深圳市光明区马田街道新庄社区同富工业区 B 栋 103）

规　　格：889 mm×1194 mm　32 开

印　　张：7

字　　数：130 千字

版　　次：2025 年 5 月第 1 版

印　　次：2025 年 5 月第 1 次印刷

定　　价：68.00 元

质量监督电话：020-83797655

灯 塔

绚烂的风景下
一轮夕阳坐落天涯
温柔般的爱恋让人感动
海水也翩翩起舞
一波一波的汹涌
掩饰渔火的光影
只有灯塔坚定
一如既往地将大眼睛

一颗恒星诞生或消逝
一些鲜花盛开或凋零
以海船靠港或归航
一些人在海滩上渡海谋生
还有我熟知的海已成形
灯塔洞察了所有的工程

目 ★ 录

第一辑 大海与陆地

第二辑　祖国之惠州

第三辑　战争与和平

第一辑
大海与陆地

★

大海之夜

盘腿而坐的星辰

雄风万里的浪群

构成海的夜色

渔火像一只只浪迹天涯的鸟

以超然的胆魄和耐心

缝合天空和海平线

潮汐冲刷着每个人的脚印

海浪一波一波地

击穿了我在暮色中的从容

海连天　天连海

这是海和日月

海的力量来自日月对海的吸引

美人鱼唱过一首歌

记不清歌词但感情很深

精卫衔石的典故

不知何时浮出海面

面额上还印满

欲说还休的梦痕

海不在乎泪水和祈祷
十月的海滩泊满难眠
人在海上感受夜色
就像在水中游泳
一浪高过一浪的海浪
是应接不暇的命运
面对桀骜不驯的大海
我只得用涛声
填平渴望的内心

流年似海
我们以海为镜
映照日渐老去的笑容
所有的风浪都在心里离去
目光就是这透明的水声
回头望过去
岸的距离比海还远
只有涉世的秋波
荡漾心境的透明
但我从今夜海的滋润中
未老的心态开始旺盛

成　熟

从容不迫的成长
一往情深的热爱
是我现在的风度

日子一晃而过
自然之心度过岁月
我的季节长过其他季节
磨难尽随落叶飘去
我的眼里尽是青枝

阳光一棵一棵长
日子一粒一粒熟
摸着石头过河
三十年了
石头已孵成白天鹅
溪流淌成河道
小道走成大路
而道路总是一副面孔

向往远方　承受一切
并且保持沉默

时间以直线丈量生命
不会在生命之河久留
人生必须有一些高潮
用梦想吹动风帆
去看苍山如海　残阳如血
你把栏杆又一次拍遍
渐老的脉搏燃烧着火焰
无论我在途中留下什么
都是性情之人的脚印

灯 塔

纯熟的风景下
一颗夕阳坠落天涯
涅槃般的笑脸让人感动
海水也乘兴悸动
一波一波的浪涌
搅动渔火的光影
只有灯塔坚定
一如既往地睁大眼睛

一颗恒星诞生或消亡
一朵鲜花盛开或凋零
一队渔船离港或归航
一些人在海滩上讨海谋生
这是我熟知的海边情形
灯塔洞穿了所有的过程

大海太大　比心还大
偌大的海域

包裹着一颗偌大的心
包容了万物的驰骋
海涛的声音飞翔着
海水和风
不得不把灯塔握紧
像趋光动物的本性
瞭望灯塔使我兴奋
那种缆绳一样的目光
对于船和礁石
是一种妥妥的信任

海上的日子也是波澜起伏的日子
潮起潮落　浸漫人生
一些飞鸟飞来
一些飞鸟飞去
看着鸟儿起起落落
我站立在灯塔的阴影里
一副若有所思的表情

人生有许多过程
更多时是起起伏伏　茫然无助
就像船在海上航行
即便有了现代技术的加持
也需要灯塔的指引

老 船

下海的船一溜烟远去
留下几条平平仄仄的航线
一群觅食的海鸥逐浪而去
空中不时传回它们的呐喊
海浪奔涌而来
带回记忆和心愿
沙滩上的那条老船
一直在眺望
折回的目光里有无奈的伤感
从水域到地域
沧桑的船体已被擦洗得发蓝
桨已成风干的尾鳍
心里还有对海的依恋

一条老船
经历了一些潮起潮落
越过了一些激流险滩
于是记住了一些事情

习惯了世间的炎凉冷暖
看淡了波谲云诡的眼前
风来雨去　不再抱怨
月起月落　顺其自然

风安静下来
海涛依然澎湃
仿佛大地的奔跑
激荡起我的一点浪漫
我举着一本诗集下了海
在大海中洗浴
净化心灵　那是我
最喜欢的放松方式
人也应像鱼一样　或者老船
不断在大海中洗濯自己
让磨难随着潮起潮落而去
在大海
眼里尽是风轻云淡

春在民间

船队起航时
我正在海边张望春天
一尘不染的天幕下
太阳在天边摇晃
海鸥招手　渔歌浩荡
迎春花开成一片海洋
朴素的阳光透过眼睛
似在抚平冬日的伤痕

一棵桃树伸进我的视野
理智的植物风光一生
正以消息树的姿势逸出花香
静默　抑或歌吟
都如一阕词的仄仄平平
这种点缀春天的事物
有着不朽的热情
叫人想起那些渔民
一年四季的生息劳顿

大海之上海鸟翩翩

海风吹绿梦和心境

海浪奔涌而来

又缓缓退去

锣鼓和歌唱

淹没于涛声

渔民的脚印踏浪而过

他们用另一种犁铧

耕耘蓝色的土地

脚深插在波涛之中

手指灌满风声

对于劳动者

历来双手大于节令

而我站在渔民之中

听他们谈笑风生

是一种享受

一种类似春蚕对桑叶的感情

与远去的渔船遥相呼应

在春天的土地上

还有什么比耕耘更重要

这种人类的初心

赓续着我们的生命

季 节

水是这座城市的灵魂
但它只是水波盈盈
对世态漫不经心
光芒四射的夕阳
倒像一条红色河流
逼视着城市的季节

河边洗濯的农民
感受到季节的紧迫
春种秋收披星戴月
他们把守着季节的每个路口
几十年如一日　日久天长
他们一生都保留着这种情结
栉风沐雨　胼手胝足的样子
让你感动也让你喜悦

面对土地
沉重落下每一滴汗水

农民的实践贯穿季节
土地的给予
纯粹而慷慨
但汗水总被季节弹响
沉重　抑或轻盈
阳光是一种回报

季节选择农事
一如农民选择农具
在季节的操作下
一片片荆棘丛生的荒地
被岁月磨出更多的果实
种下什么收获什么
土地的哲学简单而深刻
农民不会理睬口舌
也不惧岁月的磨损
他们只关注季节和果实
当汗水流过时间
便是他们的季节

渔　歌

风拂山冈　激荡海浪
一曲民歌从莲花山上滑落
滑下大海就唱着大海的歌
唱大海的恣肆磅礴
唱渔民的孜孜矻矻
唱酸甜苦辣溅出的渴望
唱鱼儿满仓跳出的快乐
渔民们洗净自己的手足
胼手胝足　亦蹈亦舞
歌声和渔火
跌宕在南海的一浪一波

渔歌走出劳累的生活
在开向海外的波涛里
大红大绿地唱着
如水的音乐
是祖祖辈辈在海上的生活
那一声短　一声长

一声深沉　一声嘹亮
一条康庄大道起伏在海上
亲切的乡音愉悦劳动
温暖的血脉千年流淌
把无数代海边的人滋养

每次听到渔歌
都会感到温馨和力量
让我们沐浴着歌声和涛声
也将自己洗净
像洗净一条鱼
像洗净一颗心
在我俯仰之间
渔歌在天上　在地上

新疆行吟（组诗）

走马新疆

在新疆
漠风把皮肤吹出颜色
白云却把内心刷得清爽
一列雁阵横过苍穹
恣意的飞翔让人酣畅
只可惜　原野的那些青草
放弃了对青春的坚守
从里到外嫁给了苍凉
胡杨也一棵一棵脱光了衣裳
只有那些心地善良的牛羊
与泛黄的骆驼刺
点缀了深秋的苍茫与开朗
无论山川　还是戈壁
都有一轮太阳　高高在上
与故乡一样

做一个心有光明的人
把阳光普照的远方
称作向往
人生应该有些穿越
我渴慕的姿态是马踏疆土的荣光
于是走走沙漠　闯闯瀚海
用苍凉和骨头砥砺人生
在风霜雨雪间
阅尽人间万象

打马上山　放纵目光
广袤深远的新疆啊
我张扬视野是为了辽阔
我放纵目光是为了宽广
但没人知道我长久的仰望
竟在脸上挂满了泪痕
这让我不能不感恩祖国
我博大巍峨的祖国
我纵横八万里的祖国
只有您才让我的行走如此豪放

生命中会有不少的旅程
人生必须拥有一次新疆
拥有一次的广袤
拥有一次的苍凉
我还想拥有胡杨的躯体

火焰山的心肠
甚至希望我眼含的泪水
也像喀纳斯湖水晶莹透亮

听图瓦老人吹奏楚吾尔

与魅力的音乐同行
是一种幸福
把水晶般的音符放置内心
是一份安宁
这时我听见了笛声
如雪如风　向我飘临

一支类似芦笛的乐器
把草原深处的声音
从黑到白　吹得滴血
芦管里带出的记忆
是口口相传的部落印记
你可以听到雄鹰展翅
那是图瓦人的过去
还可见到鸽子奋飞
那是未来的隐喻
这种叫楚吾尔的乐器
是图瓦人的一株消息树

戴墨镜的民间艺人
用天籁
把旋律吹成一条倒淌的河水
每一颗音符都是波浪
被秋日的阳光晒得滚烫
隔着岁月
音乐唤醒隔世的情
连牛羊都听醉它的声音

声音弥漫每个聆听者
低沉　轻柔　悠扬
有如冬天的喀纳斯河水
让我感觉到羽毛的温度
和风的吹息
音符弥漫在空中

战争与涅槃
迁徙与回忆
经历一次次的淘洗
你可以说是他们的先人
用罗圈腿支撑过诗歌和战争
你可以说是忽必烈用狼血
在羊皮上书写过喀纳斯的传闻
你还可以说是图瓦人载歌载舞
庆祝一只羊的献身

穿越世间多少代

图瓦人也在吐故纳新

只有楚吾尔还吐着苍老的声音

没有什么比岁月与沧桑

更能靠近这古老的笛声

一个民族也许会有缺陷

不能用物质补上

音乐却可以弥补

过古战场

千里荒原　万年苍黄

大风长吹的戈壁滩

时间沉积的静默和苍凉

构成戈壁的具象

从天边到天边

绿色都被收割

只有枯黄的骆驼刺和颓废的断墙

在干渴中等待着什么

风烟沉戟　汉唐旌旗

断城之上

英雄的故事在风中转叙

留下一地铁血　满眼悲怆

烽燧相连的历史断了

风雪中还可寻岑参的诗句
金戈铁马的潮汐已经退去
大漠里依稀可听见羌笛在响
甲胄剑戟变成了一粒粒沙子
铁一样沉　　铜一样黄
狂风猎猎吹拂着沧桑

沙啸风吟的旧城堡
紫外线日日照射的边疆
鏖战的痕迹仍然刺眼
走在我前面的那些脚印
已被尘土和雪花覆盖
滔滔如流的沙漠
埋下了多少英雄和信仰
血仿佛还在雪地里哗哗流着
让我听见生命的脆弱与顽强

血脉和功勋的故事
流传多年　　生生不息
清晰的战事仿佛太阳
辉映出一些勇士形象
巨大的阿尔泰山
我看见你托举的夕阳
像一枚硕大的勋章
悬在万物仰止的上方
神圣的光芒

使尘土退却　大地安详

旧去的时光拍去灰尘
历史的回音成为珍藏
我看见跪不倒的新疆
为何有那么多的灵魂以身铺路
为何有那么多风流击打战鼓
八千里路云和月啊
望着飘雪的阿尔泰山脉
沙子在我掌中静静流淌
祖国啊
让我对古往今来的勇士致敬
献上最红的玫瑰和衷肠

铁马冰河入梦来啊
金子一样的夕阳
把我通体照亮
此刻我是踩着谁的肩膀
谁又把我推向了古战场
一个民族那么大的勋章
谁能独立担当
历朝历代的英雄们呵
我能否与你们并肩
像你们一样

深入西藏（组诗）

鹰 笛

逶迤向西　山高水长
一座高原　万里边疆
青天在上　星日朗朗
五百座山　三千佛像
天堂的灯亮在高处
热血涌动在胸膛
神圣的永远神圣
高海拔考验信仰

几只鹫鹰相随我们
一路用目光追寻
犀利的声音饱含灵性
仿佛在考验旅行者的虔诚
我一生不染风尘

没有马帮　没有羊群

一管鹰笛被我吹得纷纷扬扬

音符里有一路风光

我吹经筒与玛尼堆的慰藉

我吹河流和青草的对望

我吹出了一朵朵格桑花

那是来自田野的歌唱

我吹旷日持久的情歌

古老的情调

雅鲁藏布江一样绵长

我曾经拥有一生

如今只剩下爱情

好姑娘总在遥远的地方

我要跟着王洛宾的歌声流浪

用我的长筒靴把巴松措的篝火扇旺

让我在锅庄舞里疯狂

米拉山口

海拔五千米

风吹经幡　水绿天蓝

青藏高原又横陈在我的眼前

大地隆起　鼓一般穿越亿年

白云漫过村庄

江水流向海洋

被天空拥抱的土地
有多少山峰接近天堂
千年的先哲踏雪而歌
远处法号开出花朵
梵声与翅膀　　高高在上

高风流动　　扑面而来的
不是风　　是苍茫
历史很遥远
雅鲁藏布江水很近
光阴沉入水底
昨天的人在这里伫停
高处不胜寒
原始的勃动
岩石一样执拗有力
大自然的欲望
顽强地生存繁衍
死亡被你裁成鹰笛
吹奏着
思想幻成法号
语言变成经幡
生命都被涅槃

像格桑花对藏地的感情
我也把幸福撒播在这片圣地
在青稞酒一样的措湖濯洗风尘

让灵魂得到透骨的洗礼
让尘世得到圣洁的安息
在顶礼膜拜的大昭寺
皈依圣灵和善心
把天生的善良进行到底
在通往天庭的路口
相遇每一位守候的母亲
告诉她　我也是高原之子
为了一路风景
我必须虔诚做人

鹰

扶摇直上千万米
鹰独自飞行
天空是它的故乡
作为孤独的舞者
它的眼中燃烧着欲望
摩挲岁月的风姿
让一切仰望的眼睛黯然神伤

悬空　悬空
翎羽停于太阳之侧
日神在上
鹰的翅膀托起众生

将一切冥茫覆盖
鹰眼中的风景
是一片浩大的空旷与安宁
看着鹰飞翔的高度
我的高度不再是高度

鹰飞得更高更远
把我的视线全部切断
而天空如此平淡
我突然明白
其实天的高度
来自鹰的预言
看见一只鹰
就知道自己的渺小
只有它在驰骋
陡峭的翅膀
才使我的灵魂坠得更深

进入一座藏民村庄

飞翔托起的村庄
阳光在花里盛放
农事随着铙钹奏起
地上洒落一片金黄
炊烟升腾心事

酥油茶的飘香
被牦牛的眼窝收藏

在入村的路口
我邂逅一位藏民
棕皮肤黑头发的男子
袒背左衽　断袖为帽
牧鞭紧握手中
低头的牛羊相随左右
他向我点头行佛礼
黝黑脸庞泛起的笑容
是人觉得踏实的模样

寻找一片草地
祭拜一座神祇
风里雨里　锅庄舞里
一生只为轮回的愿望
一条通往天堂的路
便是他生活的全部

此刻　我和他同在一片蓝天下
天空阔远　大地苍黄
一条天路沉默无语
只有拉萨河祷歌悠长
我顺着他的目光
也在向秋天张望

哲蚌寺

洁如圣器的雪峰
千万年一尘不染
野花沸腾的山谷
一座白塔如明信片

佛事的法号长鸣
无声的箴言在心与心间流传
活佛合掌的秘密
被无数匍匐的朝拜者
读成生命的皈依
磕头和膜拜
都缘于敬畏或憧憬

有的虔诚　　有的疑问
有的说出心愿
有的什么都不说
更多的闪着泪光
蕴含无限的祷词
是千年如一的心事

我并不信佛
面对扣人心弦的召唤
也断不了朝圣的念头
以手攀缘　　顶礼膜拜

洁白的哈达
把我从人间牵到天堂
放下我的矜持与自尊
让灵魂经受透骨的洗礼
让精神有一点形而上的依存

在布达拉宫遇一藏族小孩

布达拉宫入口　阳光流淌
格萨尔王的马鬃在飞
如一朵朵云
一些人飞进去
一些人飞出来
扑面而来的不是烟尘
是涅槃后的余烬
每个人脸上泛着红晕
仿佛笼罩着佛光

一个天真无邪的孩子
像一朵莲花
也徜徉在菩萨间
菩萨的玄妙传奇
让他睁大眼睛
眼里流露出憧憬

而我的周围金色疯长
乱尘眯眼
是什么吸引小小的心灵
在每一座菩萨前
他都睁大着眼睛
是世俗　还是长辈传承
花朵盛开　在西藏
信仰的芬芳
亲近着一切生命

牦　牛

一只只候鸟远走他乡
秋天在朔风中显得苍茫
雪山因为雪
白到一无所视
夕阳之下
黑色的火焰穿过草地
给肃穆的大地带来希望

那些沉默寡言的牦牛
沿着昨天的小路踱向草地
它们虔诚地低着头
除了水草　不停反刍的
是不为人知的茂盛往事

我注意到它的眼睛
澄澈而平静
与泛黄的草　飘舞的经幡
构成秋天的魅力

牦牛缄默
从不回避我们探寻的目光
就像在苦难和风暴面前
从不低头与怯步
带着草地的沉默　善良和隐忍
只有风为牦牛擦去泪水

在西藏
守望牦牛是一种心情
为牦牛所感动的
是一种宠辱不惊的态度

大戈壁

日月居上
其下是苍茫的国土
戈友们告诉我这是戈壁
风沙长吹的戈壁
吐尽飞鸟的戈壁
《凉州词》敲响的戈壁
长河落日里缄默的戈壁

云把太阳从沙丘下拽出
戈壁上石头陡然惊起
流动于风中的寂寞
闪亮在每一颗沙粒
干渴中等待的
是缄默的骆驼刺
它在晨光的鼓励下起舞
这唯一的舞动
让我从梦幻回到现实

空旷的原野　起伏的路径
我和戈友们穿行在戈壁
一支弦歌在心中游历
源于汉唐的风情
吹拂我们的内心
我们一路聊起所见所闻
传说佛陀梵音遗落在瀚海
西天取经是佛僧的苦谛
传说祁连山冰雪是征人的泪滴
交河城墙由将士尸骨堆砌
传说边塞诗里有英雄的叹息
寄托着战士军前半死生
汉朝的荣光　唐朝的繁华
已被一阵阵黄沙刮离
因丝绸而亢奋的驼铃响起
一队队驼队走过
鞭音清脆　挥向河山万里

九月的太阳悬在天上
风吹开戈壁久远的记忆
古老的长城和颓废的故垒
从宽阔的岁月向我招手
我渴慕的超越与光荣
载我抵达这块土地
穿越大戈壁啊
我人生最老的课题
竟是这一百零八千米徒步之旅

在戈壁想到古代军人

沙丘与落日的祁连山脉
西风残照的汉家城阙
玉门关还在　阳关被异化
两千年的沧桑已铸进钟鼎
莫高窟里还有信仰
一窟一画都是古人的希冀
而大戈壁只有残垣断壁
包裹着金戈铁马的传奇

登高望远　极目四方
大漠孤烟　长河落日
这是曾经狼烟四起的西域
这是金河复玉关的敦煌
甲光向日金鳞开的铠甲呢
只听得驼铃叮当黄沙敲响
歌舞升平　太平盛世
琵琶声声坠斜阳
我倾往的角声在哪里

龙城飞将在何方
谁在盘马拉弓如满月啊
箭镞划破了深深的夜
还有那只夜光杯
湿润了我的回望

劝君更尽一杯酒
自斟自酌也风流
大戈壁哟　大戈壁
我来朝拜射天狼的英雄
他们安息在哪片沙丘
黄沙掩埋不了的身影
化为尘土的三十功名
已记在泱泱中华的土地
此刻　月明羌笛照戈壁
还有人挑灯看剑在醉里
铁马冰河又入梦啊
将军何处觅功名

日月星辰栖在头顶
红旗飘飘照耀我追寻
在老去的故城
我遭遇了古老的碑石和士兵
那些勇士和残存的碑石
都是岁月的结晶
大戈壁留下了他们的英魂

那些舍生忘死的广袤
那些血骨酿造的坦荡
把他们血性的身影
化为荡气回肠的风景
我们亲近戈壁
实际上是亲近
曾在戈壁为国而战的人

人在戈壁

置身大戈壁　无所谓道路
飘飘彩旗为你引路
向西　是花朵和舞蹈的新疆
向南　是鹰和雪山的西藏
无论你怎样行走
太阳都会在你的头顶

人在戈壁　缤纷的色彩
装扮了戈壁的壮丽
骆驼草很智慧地选择了戈壁
使我们在干燥的行进中
有了参照和对比
我们像花一样灿烂
一路绽放绿意

人在戈壁要学会失语
行进中的缄默是技巧
也是心灵的默契

周围形单影只　万念俱寂
你得自己鼓励自己
使自己的行走如一滴水
滴落沙里　无声无息
风吹过沙脊
偶尔会给我们来点激励

人在戈壁总要留点记忆
于是我们把衣物扬起
婆娑起舞　飘扬成旗
无酒无妨　无歌无妨
只要心中流淌着绿意
我们便充满希望
只要阳光还在照耀
我们就会像胡杨那样
站成挺拔的样子

生命中应有穿越荒芜的苦旅
玄奘的向往把我们引向戈壁
行走的磨难就是涅槃
信念是我们赖以行进的动力
我们迈出的每一步
都是人生的砥砺

戈壁之旅

风和雨都已消失
眼里是苍茫的天际
沙尘模糊空间
心变成石头　人变成沙粒
水是唱了千年的梦境
驼铃叮当　呻吟着岁月
一只鹰或因饥渴死去
这样的氛围里
支撑你的只有坚定

在戈壁　人命定如沙粒
孤寂　饥渴如影随形
连绵的沙尘　铺天盖地
坚忍和失望包围着你
这是你唯一的归途
你必须跋涉
没有远方和毅力
人生走不出戈壁

而现在　我正在戈壁
天空很蓝　风很轻
给人一种海市蜃楼的亲近
让我依赖虚荣　贪恋物质
甚至把彩虹当作前程
在这样的虚幻中
花费了我几十年的光阴

彩虹收起　梦便会落下
低头一看
流沙正覆盖我的脚印
我的目的地在哪儿
我需要指引
走过戈壁
你会发现自己也是一匹骆驼
一步一步的脚印里
才有踏实的风景

漠风吹动

漠风吹动　舞动戈壁

引路的旗帜猎猎作响

峰峦起伏的物象

反刍着往事

千年古堡　风蚀记忆

被蛮荒打磨成一颗颗沙砾

几只骆驼走过

缄默的姿势

与它们从不抬头一样

这就是戈壁

荒寂就是荒寂

枯骨就是枯骨

连草也难生存的苍凉

才是戈壁的本相

春天已在头顶

沉睡的大漠因阳光苏醒

驼铃叮当　一步一步

踩在你我驿动的心上

旷野里不只是苍黄
漠风中有人摇曳着芬芳
一队彩色人流进入视野
旗帜指引　逶迤而行
他们挽手奋进
把队伍摇成一叶叶桨
艰难地划向对岸
仿佛戈壁就是海洋
一根根骨头支撑着向往

一个人活着是为了信仰
一种勇气便是生命的太阳
穿越戈壁　做一回玄奘
在安逸的生活里
激荡起奔腾的畅想
挽起利刃穿胸的将士
想起沙尘压倒的故城
他们义无反顾向西
平凡怎能压抑他们的衷肠
从现在开始
把万念放下　磨难留下
在阳光的照耀下　逶迤西上

重走玄奘之路

流逝的岁月里
遗落了一些星辰
只有你孑然西行的身影
还亮在西域历史的高处
羡叹着芸芸众生

昨天的骨肉
以身铺路　并把信念
带回最初的泥尘
沙漠过滤了的生命
已是蚀进骨质的光明
有血就有血性
诗和远方召唤着我们
玄奘的命运就是我们的命运
这让我们面色潮红
心里涌动着神圣
就像酒的秉性
燃烧都是必然的激情

漠野广袤无垠
玄奘雕像就是今夜的灯盏
顺着他西望的方向
插遍红旗的路标是他不朽的脚印
信念在跃动
一个比一个年轻
我是最老的一个
行囊里没有志在千里的翅膀
但也想体验跌宕起伏的生存

不是每一个生命
都可以在勇气和铁血中行走
我皲裂的嘴唇　干涩的双眼
双腿灌铅一样沉
这才尝到了四月的严峻
面对初心　我别无选择
无论是蹒跚的行走
还是赴汤蹈火的前进
走着就是被选择
就是到达灵魂
心中有岸便没有无望的人生

春　天

谁在云蒸霞蔚里
呼喊着我单薄的名字
一只翠鸟飞到窗前
惬意地炫耀着它的羽毛
它邀请我加入春天的风景
而风却急切地推开门
让整个春天蜂拥而进

于是我把门窗都打开
把所有的心情牵出户外
让春阳晒晒残留在身上的灰冷
让海风荡涤生活中的郁闷
把心沉浸在高亢的民歌中
去跟随鸽子眺望蓝天
去跟随蝴蝶在花海旅行

春天让人蠢蠢欲动　思绪万分
一树木棉开在我的窗下

让我也有了开花的心
春天意味着枯木逢春
仿佛手足也长出须根
虽然已是落红的年龄
但是见到绿叶我还是兴奋
哪怕青春已在脸上凋谢
也要赶在时间之前
找回岔道上走失的光阴

面对春天　我献不出青春
但埋头劳动是我力所能及的事情
我细心收藏雨水和阳光
小心播下每一颗种子
就像面对幼小的孩子
我要用我的生命
为他们的未来贮存养分

第二辑
祖国之惠州

★

东江行吟

一

春光铺展幸福

江水涌动岁月

一条纤索　一支船歌

牵动着波光潋滟的传说

葛洪来过　东坡来过

共和国领袖们来过

飞鹅岭上

周总理东征的英姿

男人女人都仰慕

人杰的名字连着阳光

溅起火焰和向往

演绎成左右生命的力量

春天给予东江翅膀

流水成为一种足迹

劳动的影子

在江面上闪耀

水声中涌动的是希望
寻找预约的春光
我在东江逆流而上
仿佛看到无数泛动的桨
有人将生命摇成桨橹
把命运握成种子
用汗水展望丰收的景象
这让我静了下来
毫不犹豫顶礼膜拜
这些稻谷一样的雕像

二

经年的守望　已无归途
我把东江认作岁月
春天萌芽　秋天成家
把每一片水声
认作一座座家园
收留我的是那些善良的浪花
它让我成为它的儿女
在水色波浪间
滋养身体　洗涤灵魂
让心灵一瓣比一瓣干净

即使是一片落叶

也会被东江吸引

它会随着江水沉浮

为世间留下身影

水流的方向也是落叶的方向

放浪的形骸

只有在江水中才有前程

流年似水　我亦如斯

让我用手臂的桨橹挥霍青春

并以水为镜

沉沦所有的风尘

三

春天的心事

浪花般繁多

举望东江水

仿佛见到一群群白马

在奔涌中传递着秉性

你必须尽快接过桨橹

置身于这物质和精神的水域

让生命充满了水的激情

用激情人生的心灵亲吻东江

用热爱东江的心灵涤荡人生

人的信念源于血液
人的血液源于水
水土是心灵的魂魄
人生易老水易逝啊
击水三千里曾有时
此刻　一如古老的歌手
我吸吮着东江的涛声
一次次地在江边击水
为东江行吟

春天（组诗）

春　雨

从天空的嘴唇跌落

春雨是老天吐下的珠玑

嘈嘈切切地落着

在饥渴的池塘里

溅起一圈圈涟漪

一响春雷借势滚过

所有的门窗都被它复活

窗前的木棉树花红如火

惬意摇晃着铃铛一样的花朵

纯粹的花瓣　挺拔的树干

正被春雨抚摸

燕子的翅膀从眼前穿过

压弯了一天的雨幕

好雨总是知时节

在渴望的眼睛里下着

在明亮的心田里下着

在干裂的田野里下着

我想春雨也应喂过家乡的干渴

那雨打青瓦屋的啪啪声

是春天向游子的告白

无论是从一声春雷

还是在一滴雨水里打量春天

春天就这样　生机勃勃

震撼着生态的每一个角落

她或是满树花枝　或是春雨绵绵

总让我们魂不守舍

我在这座城市的屋檐下

喜爱春天的老泪也像雨一样滴落

桃　花

在春天

只有桃花开得率真

粉红的品质　急促的心情

灼灼妖妖地牵动着时光

开满一树红花的诱惑

系住了多少流浪的人

桃花开在海边
一瓣一瓣扑向海滩
浪花与桃花
轻轻地对唱
越过岛礁和风浪
阳光此时暧昧
大海推波助澜
只有鱼儿被诱惑
纷纷游向情网

这个世界上
总有桃花这样的花朵
照耀平淡的生活
只要桃花开着
刺激你的眼睛和胸膛
你就会永远年轻
只要心里有桃花
你就会拥有最美的时光

建设者

一

天刚蒙蒙亮
他们已经来到了工地上
一个城市的梦想
牵引着他们的梦想
纵横交错的脚手架
与他们
是城市的一种风景

闭上眼睛
就能感到城市在拔节
老一辈打下的地基
始终是其中的一部分
他们崇尚岩石的姿势
在鳞次栉比的混凝土丛中
心始终硬于楼群
朝朝暮暮为梦想奔波

蓝工装冷漠了青春
天天走在脚手架上
每一步履都是烙印
勤劳的姿势
感动过城市的每一个人

二

他们是穿布鞋进城的
注定在酒绿灯红的大街上
留不下脚印
埋头劳动
是他们每天要做的事情
衣服上结一层盐霜
盐分很足的汗水
腌渍起每一个脚印
太阳的芒　蜇刺他们
肆虐的风　抽打他们
叹息也有过
那是对压力的一种释放
流泪是有过的
那是对生活的感恩

浮躁的岁月里
他们会把奢望关在门外

所有的心事攥在手心
耐心等待
是祖祖辈辈遗传的秉性
这个世界比想象的复杂
面对城市的万种风情
必须保持清醒
即使有远望的目光
也要与手中的工具相称

三

太阳不断升高
城市就这样成长
他们的形象也在拔高
唯有手脚最真实
不断地劳动　攀登
才能升高人生
日子衍成形象的文字
安全盔上闪动着光亮
是人们眼里最炫的闪耀
一座座高楼
就是他们的广告
他们坚守的位置
就像一面面旗帜
永远飘扬在人心

惠州之春（组诗）

新　年

翘首以望　心向一方
等待的人啊　爬上山岗
新年已到
那些曾经鼓掌的手
树叶　波涛　都静了下来
惠风和畅　春意盎然
繁华的物景　人流
舞动着一种向往

别以为挥一挥衣袖
就会告别一片云彩
一年的感怀挥之不去
就像一块石头
悬在我的胸口
抓一把春天的泥
新生的感觉才从心中苏醒

阳光花雨　恣意淋漓
缤纷的人们
蜕尽彷徨与寒意
笑脸绽放在每一棵青枝

红棉如火
这是我最中意的道具
洗不淡的日子　钻进蕊里
同蜜蜂的勤劳一个道理
面对新年
我献不出足够的礼物
埋头劳动是最紧要的
一切都在踔厉奋发
万物都在奔腾不息
我没有理由停在原地
小心播下每一粒种子
就像面对心中的自己

生活很具体
谁也摆不起架子
懂得劳作的人就不会失意
不仅使你顶天立地
身上杂七杂八的垃圾
也会埋葬在泥土里
从种子到果实是一次升华
也是一次回归

一年又一年地过去
自己便不是自己

窗　外

海鸥远去
以另一种姿势生活
我的窗外最早加入
春潮和晨曦
打开大海澎湃的书页
旭日东升
大海如迎风起伏的彩练

踏着涛声而来的女子
荷担走过
纤纤腰肢扭动目光
如招展芬芳的花枝
海也在波动　雄性纷扬
蓬勃着男人的心旌
浪花相互追逐着
不知能否绕过桃林
追回还未下落的月亮
一艘红船就等在海边

阳光哗然漫过

风在窗外呼呼作响
虚假的情节被浪花拍打
留下实实在在的回忆
往事如刀
抹尽所有的恩怨
沙滩上的人已走
脚印仍在原处

海浪打湿的衷情虽已风干
青涩的初心还在
逝去的青春又回到从前
每一件往事及细节
都像绿叶抽芽
绽放开了就是绿茵世界
这世界因为春天
温存着一种无法忘却的甘甜

在海边

清晨　一个奔跑者
在与时光竞走
一位面色轻松的老人
在迎着阳光奔跑
他用脚掌拍打海滩
足音敲打大地
斑驳的白发迎风飘逸
俯仰之间的身姿
尽显叱咤风云的往昔

放眼望去
鱼在水中　鸟在天上
花瓣被风吹落海里
黝黑的礁石上
海水在洗涤我的脸
风吹走了我身上的浮尘
海边的日子总在梦中
没有一个许诺

让美丽的早晨只属于年轻
在所有青春的形式里
我都怀着一如既往的热爱
怀揣种子的心事
像一朵朵浪花迎接黎明

从生到死都向海呵
青春的感觉又一次向我袭来
深入海边
任何阴晦的内心
都会一片晴朗
人被写成一撇一捺的遒劲
高亢的渔歌　海边的风景
舞起来都是生命的激情
此刻　我驿动的心
被老人的身姿覆盖
随脚步起伏的心境
满是我对生命的感恩
我不是奔跑者
但我的幸福与快感
与老人同行

深入城市

城市一天天繁荣

每天都在扩版

吸引不少蜜蜂

追逐着一块蛋糕的收成

我也带着枯草和糍粑

如一粒谷种离乡背井

飘落在城市的脚心

在城市的皮肤上摩擦

我只会用手脚做事

风里雨里　极其认真

乡下人不太会用心眼

这使我总是无息无声

城市越大　道路越复杂

迷失方向是我的最怕

我的飞翔小于翅膀

逼仄的混凝土森林

总使我感到市井的覆压

明明灭灭的霓虹灯
时时让人两眼昏花

守着民歌的方位
我选择抗风的角度接近
但混凝土坚硬的城市
常常会碰伤我的自尊
城市不会顾及我
风不会因为我而小
雨也不会为我降临
只有尽心尽力干活
我在城市才能稳定

历经多年的漂泊
我手中仍沾着故乡的泥土
永远也洗不干净
我还是想回到家乡
找回飘落的草帽
追寻稻香和荷塘的温馨
用我的擅长和真诚
还原稻谷的质朴与纯净

祝福这座城市

我祝福这座城市
她如此丽质
骄傲的天空
湛蓝有如透明
清脆的音乐
像春天的雨滴
撒落每一间屋顶
好人的故事
伴随阳光与风雨
春笋一样上升
一些花朵盛开
一些笑脸归来
城市因此而丰盈

一条众人仰止的河流
斜出这座城市的秀气
蒹葭苍苍的两岸
是绝妙的古典风景

如阳的民歌贴水而过
沿岸是低头劳作的乡亲
栉风沐雨　胼手胝足
他们流汗的形象
是城市最闪光的部分

今夜　我在这里寻觅亲人
城市的额头正浸着花香
衣裾飘飘的女子
提着灯盏的男人
纷纷走出家门　遍布陌巷
开放的声音漫布天空
歌声与翅膀　粲然奏响
令坚硬的城市
充满魅力与温情

寻找一块土壤
适合生长
向往一片蓝天
任我飞翔
是萦绕我一生的情感
融入这样的蓝天
使我忘了归程
并且看不见远方
而我此刻的心跳
正在这座城市流行

作为抱着这座城市取暖的人
作为从五湖四海相逢的人
多泪的脸　温暖的手
潮水一般的胸膛向我靠近
血脉是最深最深的感情
我为每座建筑感动
我想赞美每一个人
没有从唇边掏出玫瑰
也没有从胸口捧出果实
我唯一能做的
是成为一支蜡烛或是一捆干柴
一日复一日把我点燃
让我在岁月中
与这座城市一往情深

看惠州《砥砺奋进的三十年》展

珠江以东　南海边

一幅幅画卷荡起尘烟

城市的旗帜飞扬起来

澄明的岁月摇晃在耳边

昨天是过去了的永远

三角梅*是这座城市的内涵

站在图片与实景之间

记忆与心灵双重洗礼

没有掌声

此时无声胜有声

岁月深处的往事

令来者的目光动容

无字的注释　悄无声息

是最真实的语言

一些影子蹒跚而来

他们裸露脊梁　面对家园

弯腰的动作一如既往

虬枝峥嵘的手臂上

一边是重轭　一边是花冠

石头　锄镐　烟尘

花瓣的落叶

灌满他们的口袋

忠诚的姿势

感动了众人

日子呼啸向后倒去

岁月流逝就在挥手之间

在鲜为人知的故事里

我们翻阅着春天的花瓣

感谢那些前行的人

用血汗点燃火焰　照亮前行之路

他们走过的路

正是我们走的道路

三十年　日出日落

春天蓦然成秋

过去也会陈旧

曾经的青春年少

转眼已成垂垂暮年

生命就像天上的闪电

一闪　便不会再现

但岁月　对奋斗者而言

就像太阳每天升起
过去的一切还会继续
对他们来说　只要活着
赶路就自然而然

　＊三角梅：惠州市花，美丽、朴实、热情，一
如惠州市民。

南方的花

南方的太阳忘记了冬天
每天都在送来温暖
倾心的色彩被阳光驮来
让人感到太阳的心偏
洗不淡的日子　万物都在奔忙
一些花也开得惊艳
繁忙的姿态
欲燃的状态
与勤劳的蜜蜂一样
都是实实在在的具象

南方的花习惯早熟
不太在乎岁月与气候
它们不会等着春来秋去
也不喜欢在风雨中彷徨
把别人的感觉置之度外
一切影子都扔在身后
你注意不注意它都绽放

你鼓掌不鼓掌它都飘香
南方的花没有嘴
只有土地的质朴与芬芳
它们无意成为风景
但最早预告春天的模样

一些人在奔跑中
也把自己想象成一朵花
用不断的生长打开
这座城市之窗
就是这些花朵的芬芳
加固了我一生的理想
只要花朵不断绽放
你就会永远年轻
只要拥有了这些花朵
你就拥有了不断生长的力量

东　江

这条江从人的心里流过
牵着客家人的生命绳索
白天为人　洗涤太阳
晚上为神　沉浸月亮
鱼在水中　鸟在天上
贴水而过的是民歌
流水之上　是沧桑的岸
是编排农历的庄稼
是芬芳四溢的家园
乡亲们栉风沐雨的样子
是两岸最美的形象

东江　把个性藏在水上
每个人都是浪花
才有了排山倒海的力量
坐入这汤汤之水
骨头里的流淌和我一样
江边浣洗的女子

像我的母亲　姐妹和爱人
而我的背后有许多
宽肩膀黑脸膛的男人
他们用土地一样的雕像
承载着我们的成长

乡土遥远　近情温暖
我的红马车已回不到故乡
让我成为东江的儿女
我借着一片片浪花取暖
那风中翻飞的绿色
是我已被江水染绿的军装
此刻　我除了用江水洗涤自己
还能有什么方式诉说衷肠

惠州西湖

因为有西湖
天下不敢小惠州
波光潋滟里映现风雨
影影绰绰中窥见往事
映出形影
是湖的本性
映现历史
是惠州的福分

在西湖　掬一捧湖水
就能拂动流年碎影
拾几粒星星点灯
能照亮一节一节的岁月
更多的人摘一朵紫荆花膜拜
让它映见一方水土的人心
在惠州西湖
古代和现代距离很近

筑一座茅屋养活被贬的忠臣

生几棵荔枝唱成千古名篇
撕下满是补丁的长襟
裁剪成西湖的水波盈盈
国家的安宁　人民的命运
撕扯着他们的心
做官也好　不做官也罢
总忘不了国家和人民
惠州有幸　竟用偏远和荒蛮
迎来了那么多精英
葛洪来过　李商隐来过
苏东坡来过　文天祥来过
他们留在几个世纪的风景里
都是民间不死的图腾

历史没有花开花谢
昨天的风声记忆犹新
春夏秋冬　傍晚或早晨
我都要来到湖边寻觅
找寻湖中藏匿的灵魂
市井中安睡　青草上生活
我不敢攀近古人
但使我的命运更贴近精神
精神在何处　命运就在何处
已近黄昏的年龄
我不敢怨天尤人

邂逅风筝

春天如期来临
让人无法自持
我看见路边的花草苏醒
一夜之间恢复青春
我看见一只只风筝亲近白云
早春的脸上精彩纷呈
我看见孩子的眼里升起彩虹
从未来抽取幸福感情

梦中的种子摇曳风中
成为天空不能承受之轻
上扬的风筝
把我的血液带上天空
使我也有飞翔的心情
而我只追踪阳光
向它表示诗意的崇敬

春天意味老树新生

一如火焰舔着我的血液
眼中的冷水逐渐温暖
作为落伍的军旅诗人
我依然跋涉在梦中
多少花朵擦身飘落
依然孩子般地单纯
花虽远去　　花魂还在
不能追回的是早年的梦呓
用寒冷中坚持的童话
寻觅虫子　　或阻挡风暴
覆盖花朵和收成
除了劳动　　亲近自然
我们还能以什么方式与春天亲近

东江干部学院

选择一块土地

或被土地选择

建成摇篮或者学苑

让骏马淬炼筋骨

为雄鹰提供方向

传承思想　沉淀理想

渗血的土壤里生长着能量

红色血脉源远流长

一块巨石　红旗在上

挺拔的一根根立柱

像燃烧的火炬

光明站成一尊雕像

土地在它的下面

种子孕育着希望

大山的皱褶　红色的僻壤啊

是什么让你在河的尽头守住信仰

是什么使我在回望中不再彷徨

满地的血脉　前赴后继的身影

让我想起飘展的镰刀锤头旗

远去的星星之火

如同种子的芒

刺穿我记忆深处的泪囊

让我苏醒　让我振奋

我有多少次倾听

就有多少次向往

教笛声响起

历史和血泪涌动

耳边吹过时代的风

脑袋在麻木中再度清醒

在这里　我要再用信念之桨

补充人生能量

读一本书

夜色四合之后
我慢慢走回内心
满院灯火通明
小溪潺潺　拍打夜阑
桌上一本翻开的书
像一盏亮着的灯
红色封面　拂动流年

这是多年未感受的心境
故事只在春天的开端
秋天的结尾　悄然长成
这让人回到已逝的青春
一本好书就如太阳
它让你重枕憧憬进入梦乡
每一本好书的上面
都坐着一颗颗震撼的心灵
如同风中站立的大树
头顶的花园装满精神

一本好书　也是一座矿山
虚妄的手指翻不动
预言和真理都有
不熟读会使人落后
书中所蕴含的光芒
能够深入人的内心
从古到今　从远到近
甚至从迷茫的尽头
把你拉回光明

奔跑的人

这是早晨　窗子复活
满是风景
桃花朵朵　妖妖灼灼
小道上一群人在奔跑
踩着一串细碎的音乐

奔跑的人
斑白的发际挂着晶莹的汗滴
前倾的身姿
就像一把生锈的镰刀
那一行行脚印
似在霍霍地磨着这把镰刀

把速度交给喘息与心跳
避开市井　躲开喧嚣
奔跑的人身影越来越小
像一只只蚂蚁
奔跑在如画的乡村小道

他们不图快　再长的路
也能一步步抵达

阳光下　风雨中
有太多东西让人奔跑
生命的驿站
长亭更短亭
虽已卸下肩上的重量
但风一次次暗示他们
停滞或燃尽
哪一种是生命的永恒
他们知道　生命消逝是必然
只是钙化的信仰不可扭转
除了燃烧　没有其他替代

在高潭烈士陵园

绿色渲染的松树林
风吹着圆号
簕杜鹃　火一般燃烧
渲染着一段血的故事
招我们上路的那只手
拉开昨天的风雨
悲壮的记忆没有生锈
生锈的是那时的铁网

这是一些不再说话的文字
是我走过的每条道路上的
鲜花　或者警示
只是牺牲这个词
在春天的气息下有些压抑
在一张沙发　一杯茶的安逸里
牺牲会使人纠结
生与死的情节
让我触摸到人生的寒冷

和信念支撑的灵魂
那些生动的叶子　红色的花蕾
一瓣一瓣的教义　使人亲切
鼓励我　像松树一样
从岁月中抬起头
在风雨中坚挺

或许只有在这里
我们才能感受到
生命与信仰的意义
当过去的血雨腥风
沉淀在今天的春色中
我们的全部命运
应源自这血火浇铸的底蕴
不管是苍老　还是年轻
都有责任将这块土地的魂
精心梳理　装进行囊
时时用这些沉重的章节
钙化思想　还原青春
在不懈中找到自己的个性

朗读者

星空灿烂　土地宁静

风从远方醒来

带着几粒红尘

一炷摇曳的灯光迎风飘动

几只翠鸟席地而坐

提着他们心中的那盏灯

为诗歌注入声音

是他们今晚要做的事情

所有的语言都是一种表情

要让诗歌触动真实的个性

圣洁的吟唱打开花朵

豪放的声音飘过寂静的夜

火焰从诗篇中升起

那些激昂的　浑厚的声音

跌落了又起伏

低沉后又高吟

激情和温暖总在内心

为诗活着的人
有难得的纯真
他们用血煮沸思想
为语言赋予感情
每一次朗读
都是在涅槃中感受人生
在不易使人落泪的年代
他们用声音把心划得流血

诗歌一如麦子
也是人类的一种粮食
倘若没有诗歌的喂养
这座城市或许会少些光芒
而好诗总是土生土长
深入民间是唯一的营养
我们要坚守内心的火把
洗净身上的浮躁与虚妄
在土地上赞美劳动
用心血为百姓歌唱
只有拥有人民和土地
才会拥有诗歌的方向

洪涛之上（组诗）

洪　殇

花打落了一地
忧伤的秋季　罕见的雨水
泡湿了每一朵笑容
翻卷乌云的闪电
不分季节的骚动
粗暴地打在美丽的土地
看洪水像黄龙奔涌而来
吮指的孩子
双眸汲取了最初的震撼

已是阻挡不住的苍茫
河水变得媚俗和无情
庄稼在抽搐　人在哭泣
呼啸而起的人墙
被一种意念支撑
丢弃所有去触摸安宁

面对危亡卷土而来
手挽手才能共同抗衡

一只只手悬挂在空中
那么多船
正热盼着一次次的划动
那是谁派来的救星
是鱼水情深的重演
是使命贯穿的行动
我深信
一场雨会改变一切
灾难会使人心更加美丽
草木更加茂盛

冲锋舟

依然是那支队伍
他们从天而降　衣袂飞扬
从每条街道　每座农舍穿过
救星般划过水面
霎时间水溅星光
血浓于水　却是血的颜色
此刻　在我的脸上滚过

洪水来得如此迅速

我只能默默祈祷平安

然而子弟兵来了

一如曙光来临

于是在雨中熄灭的火焰

重新在水中燃烧

让妇女先上　　让孩子先上

让老人和病弱者先上

小小的冲锋舟便是诺亚方舟

即使是在死寂的黑夜

你也能看到他们头顶

红星的闪耀

民兵突击队员

洪水随时光走了

树木高大起来

黄色的淤泥下

庄稼探出新绿

阡陌纵横　　如血液的律动

一群鸭子　　蹒跚而过

此刻　　他们懒散地躺着

像一群满身泥浆的老牛

惬意地闭上眼睛

把明亮给了阳光
或者轻松地睡去
让它照亮梦境

美丽的一切
在他们眼中逐渐被温暖
包括许多忧伤和疲惫
而他们刚刚穿越生死线
用胸膛体现生命的坚贞
那搭救的姿势　和筑堤的姿势
仍是扶犁的姿势　割稻的姿势
骤雨咆哮而来
鸟们无影无踪
而他们不能退去
这片土地就是他们
最后的阵地

他们不是英雄
也不会靠牺牲闪亮
他们与这片土地
有着千丝万缕的联系
他们怀抱的理想
就是把英雄谱就的歌
唱得更加亲切　更加自然
而突击队员的名称
是他们用生命和胜利换来的

是用常人难以坚持的磨难换来的
是写在他们脸上的荣耀
是召之即来　来之能战的战斗力

朝夕之间（组诗）

东　江

掬一捧清冽的江水
洗涤我的手足
想象让这条江
沿着血管进入头颅
使我成为一尾鱼
等待春水的滋润

夕阳使一切摇晃
岸　大桥　树木
花园一样的村庄
都有了山水的灵性
像花轿里的新娘
月亮将要升起
千万株花树
渐渐隐入歌里
好日子在歌里洋溢

苏东坡还在诗歌深处

再把他请了出来

此处相安是吾乡

星辰高悬一千年

看到的是灯火阑珊

吾乡还是吾乡

但更使人流连

熟悉的山歌

从每一扇窗户飘出

欢快的音乐追着夕阳

遮住半个春天和月光

亲近所有的梦想

望见一只海鸟

朝霞中望见一只海鸟

疾速地飞行

那是怎样的俯冲

如此粗犷的弧线

让海天格外壮观

眼望奋飞的引擎

我们企望海鸟牵引

把梦想插满羽毛

让血液再次沸腾

禾苗和秧歌已退去春寒
心像浪花迎接黎明

清晨的海边总在歌里
豪迈的渔歌使人明朗
女人的微笑让人芬芳
海水与音乐流过渔村
高亢的是阿霞和鱼仔的声音
我们曾一起划桨或撒网
汗珠曾像鱼的眼睛流淌
胼手胝足的样子
一晃过了大半个时光

一只飞翔的海鸟
带来行动和久远的初心
感应苍茫人生
我的内心
大悲大喜着涛声

春天的意绪

燕子斜进春天
剪开一幅抽象画面
像把火焰掷向大地
点燃每一粒生命
风打开每一扇门窗
把心情牵出户外
赶春的歌声
立即在田野唱响
满眼粲然着落英

去年枯死的紫荆
在今年的歌声中返青
携带竹篮的女子
衣裾飘飘
正以亲切的方式进入心灵
令冬眠的城市复活
眼里闪动着星星

幸福像一枝枝红杏

在邻家的墙头闹春

而我只是一株小草

在春天的浩荡中苏醒

每天只做单音节的梦

用军礼向春天致敬

对春天　我是一个追随者

一生只会在绿叶上生存

作为崇尚燕子的人

我也用泥土做窝

用双脚剪切生命

一路风雨兼程

如果说到热爱

我对春天比时光持久

比土地真诚

五彩斑斓的世界里

一生只用绿色包裹青春

在形形色色的梦里一往情深

守候春光　守住春风

用毕生的喜悦和忠诚

迎迓春天的降临

钟声（外一首）

钟声敲响

舞动海浪

一朵一朵

像盛装的新娘

预示我的新年

将于黎明诞生

太阳浮出海面

朝霞心境一样

今天天气很好

用指头蘸蘸海水

就尝到了春天的味道

放眼一望

荔枝树用一身的耳朵

都在倾听新年

木棉树有些着急

举着一把把火炬

越过冬天的栅栏

亲吻着春天的嘴唇
它们得意地向我招手
而我却不断踩着自己的脚印

面对新年
你是什么心情
是否还在看天
是否还在憧憬
花朵的经验告诉我们
成长不光是憧憬
深入泥土才有结晶
我先把冬天的鞋子脱下
让脚深深地插进泥土
在阳光下发芽生根
只有把自己变成茎叶
才能结出超过年轮的收成

阳　光

阳光在黎明起飞
海风是它的翅膀
它们主动接近青草
让大地季节性受孕
我跟着青草追踪阳光
向一片精神园地

表达赤子般的向往

我热爱阳光
喜欢同蝴蝶一起
在太阳下流浪
用满是厚茧的双手
种下一株株的梦想
我是走不出田野的诗人
每天由稻草人陪着
与每一棵庄稼交往
那些灿烂的诗行
是我们交流的红娘

被阳光照耀很幸福
也会让人春心荡漾
刺激着年龄包裹的衷肠
我用地图铺开世界
把目光投向远方
面对春天都应该绽放
包括泪水和思想
青春作伴好还乡
而我生命还在生长
这个季节如果需要春雷
我就在天空炸响

一号公路（组诗）

一号公路

犀利的目光扫过
便是锻钢截铁般地挥手
推土机锃亮的巨铲
轰隆轰隆地挺进
东风吹过原野
舞动蒸腾的人影

像一首激昂的大合唱
建设者们蚂蚁般奔忙
血管膨胀　干劲释放
挺起胸脯　淋漓酣畅
他们披肝沥胆地跋涉
夜以继日地奋战
为了自己的命运
也承载着人民的希望

时代呼唤翅膀

人民呼唤前进

惠州呼唤着高速啊

一脉血管直挂云帆

在春天与春天之间

丘陵平坦起来了

大地再没有天堑

所有追赶不再天高地远

我驻足前沿　心情

与脚下土地一起震颤

这岂止是一条公路呢

小康生活就在那昂扬的指向

站在这些筑路工面前

沿途的美景好像失去了重量

清晰的故事仿佛太阳

辉映出一组组人物群像

在宽敞的一号公路

我看见你托举的朝阳

像一枚硕大的勋章

悬在万物仰止的上方

筑路工

风从一个方向吹来

工地苍茫如秋天的海洋
他们的衣衫被吹起
汗水腌渍的工装
展开如鹰的翅膀

用隆隆机声漫道日月
在飞土扬尘中笑迎风云
让大地与混凝土天作地合
结茧的双手结出工程果实
一条条大道拉近理想
青春和命运都裹进蓝工装

用这种形象披荆斩棘
既辛涩　也鲜亮
太阳金黄　稻谷金黄
筑路工袒露的皮肉金黄
风雨凿塑出筑路工的群像
走在宽广的路基上
步履不是流水
筑路工血脉里是不尽的道路
看不见筑路工的劳作
一定不认识幸福

小　憩

这时候阳光掠过他的头盔
从碧蓝的天空直扑而下
风已止　树欲静
工地上安静得只有热气腾腾

在推土机铺开的阴影里
一名筑路工惬意地睡了
沉重的鼾声传开
让周边静了下来
虫鸟们也停止倾诉
躲在树枝上瞭望
这翻天覆地的场景
不知将给它们怎样的命运

筑路工只管酣睡
一线涎水从梦中滴落
和汗水一样渗进土地
这让路过的蚂蚁诧异
它不知道有什么意义
其实它该问问向前延伸的路基
问问被风钻嚼碎的岩石
这与它们的辛勤一样呵
劳动者正享受阳光下的甜蜜

阳光也曾照耀过他们
曾经鹏程万里的寄予
光阴悠悠　岁月洗涤
青春的憧憬已经过去
生活只能脚踏实地
生命怒放不单在春天
木棉树的灿烂却在冬季
双手建成的一座座路桥
延伸了他们的理想
也给了他们无限的甜蜜
工地上的小憩
就是他们劳作后释放的惬意

我还要歌唱祖国

爱情熟透的大地
袒露着渴望
随处可见的梦想
玫瑰一样开放
土地天天在受孕
遍地莺飞草长
蓝色的青鸟划过碧波
奋飞的羽毛被海风灌满
一只燕子斜飞进我的视野
步态像我熟悉的姑娘

摊开岁月的金黄部分
秋天的背景意味深长
应该写一首赞美土地的诗
像春雷　响在鲜花盛开的村庄
让雨水丝丝缕缕地呼唤
让所有生长的灵魂相悦
流出渴望

葵花如火　开得嗡嗡作响
千盏万盏的祝福
黄色的品质　人民的印象
闪着泥土的芬芳
洗不淡的日子　甜蜜又向往
亿万颗向阳的心　勃勃生长
应该写一首诗歌唱祖国
像钟声　远播我们的期望
用风记下我们的感激和羞愧
用花朵歌颂蜜蜂的劳动
从每棵树的成长
感恩雨水的滋润
用每件事物的变迁
膜拜祖国的光芒

在祖国的繁花绿叶上
我只是啼血而唱的子规
我的诗不是冥思苦想编出的赞美
而是喜悦和疼痛积淀后的释放
此刻就是立在户外的那棵荔枝树
定定地站在山丘
接受祖国丰沛的灌溉和营养
感恩每一滴雨水和阳光
在每一条泥泞的道路
用诗歌建设和歌唱

晨曦中的中国

这是秋天的早晨
晨光熹微　波涌万顷
我一人一马
肃立在南国的边缘
极目远望　一脸专情

海很平静
母亲般摇晃着清晨
红红的太阳喷薄而出
让大地落满水色的红云
此刻　我被太阳的青春浸润
羞涩地依偎着岁月的倩影

今天　我要做一个
最早迎迓日出的人
让我乘着朝霞的翅膀
去聆听晨风的颂唱
去追随大海的壮阔

让我清逸的目光撩开
颂歌如云的绵延国土
让血与火培植的情愫
嵌入我生命中的祖国
星辰照耀的祖国
暗香浮动的祖国

遍体流金的阳光
处子般纯粹的光芒
在黄钟大吕的衔接下
沿着阳光的纬度
打开秋天的每一扇门窗
用十指连心的手
让稻花　三角梅和开不败的紫荆
绽放尘世的美丽
让海鸥　白鹭和等雨的蜻蜓
展开自由的双翼
我们都在祈愿
这个时代需要美丽和飞翔

此时此刻
挺拔的中国站在心中
收获的翅膀起伏悠扬
请告诉我　是谁
还站在海鸥扇飞的云朵下
望穿海水　泪盈衷肠

是谁　还站在柔情扑面的风中
飞舞白发　充满向往

回望风烟云雨
身边的山河依然朴实
放眼众多低垂的果实
客家山歌时断时续
一捆捆的阳光被割倒
面对丰收　人民胼手胝足
弯腰的动作一如从前
从每一粒粮食里读懂艰辛
从每一片落叶里感知年景
从每一句问候里望见感恩
同亮丽在锦绣中的祖国
人民注定要被红日照耀

秋色流金　渔歌荡起
如阳的音乐贴水而过
我听见激昂的欢歌
同徐徐海风　一起吟唱
仿佛用沾满阳光的梳子
梳理朗朗河山
从湾湾溪水到滚滚东江
从莽莽群山到万顷海浪
皇天后土　粤语秦腔
雨打芭蕉　南国客乡

九万里的大中国
漫溢的全是丰收的景象

面对嘹亮的颂歌
我们还迟疑什么
赶快融入这海涛般的合唱
一如站在海边的我
以最初的哭喊接纳阳光
以处子的热情加入海洋
只要跟随了人民
只要永怀着初心
还有什么比秋天更温暖
还有什么比祖国更有希望

秋风中的祖国（组诗）

秋风中的歌唱

神州鸡鸣报晓

霞光染红天地

一年一度的秋风

满脸灿烂　如期而至

阳光如影随形　炽热的光芒

像田野一样真实

伴唱的渔歌刚刚上岸

嘹亮的歌声染天染地

时光中的城市在仰望

一双双手被风引入歌唱

歌声联动　舞动力量

一只海鸟驮着太阳飞翔

希望的灯盏就在风中

龙凤呈祥的中国

被天地的热情晒得滚烫

这是秋天正在进行的事业

晨光宽展的道路

民歌与劳动结伴而行

亲切的歌声被汗水洗亮

丰收的景象让人感动

人们渴望收割和歌唱

劳动与歌唱是乡亲的习惯

于是歌声从早唱到晚

沧桑巨变　唯乡情不变

洞穿岁月的歌声里

有瓜果和稻谷的芬芳

一穗穗水稻低垂着头颅

谦恭的姿态

就是你我的模样

乡亲们育稻　种树　盖房

没有半点土地之外的奢望

世世代代相传的勤劳和勇敢

使乡村的平凡变得充实而高尚

而我除了歌唱和把自己交给田野

还能有什么方式深入秋天的合唱

中国月亮

天际星灿　月色朗朗

今夜只有中国有月亮

一轮悬挂了五千年的月亮

一轮从春江潮水里涌出的月亮

一轮在长安捣衣声中荡漾的月亮

嫦娥和桂子飘香的月亮

秋水伊人在水一方的月亮

被一位投江老人激起微澜的月亮

诗人上九天揽得的月亮

…………

中秋月亮　满腔衷肠

这是中国人共有的魂魄啊

五千年的星空下

只有母亲那一轮月亮最亮

十四亿中国人

一样的母亲　一样的慈爱

洒满每个中秋的夜晚

这时　月下会开满白色的芬芳

母亲为我纳鞋　授衣

一件秋衫

裹紧母亲慈祥的目光

一双布鞋

装满母亲手中的温暖

穿在身上便知儿行千里
依旧系在母亲心上

每年中秋　在中国
赤子心都会流向同一片天河
无数深情和惆怅
在这月光下生成或逝去
即使不算蹉跎的人生
也有为你而碎的月光伴行
这月光　含在嘴里苦中有甘
揽在怀中梦想是真

重温党史（组诗）

高　潭[*]

惠州之上

我看见跪不倒的高潭

总高过我的头顶

闪烁的英雄

让我肃然起敬

往事并不如烟

昨天的故事刻骨铭心

那些红色记忆

像准确的榫头

铆紧我的敬仰

淳朴厚实的高潭

向天讨理的高潭

星星之火可以燎原的高潭

宁静而朴实的茅檐瓦舍下

内敛着老区人深沉的内涵

站在你对面

让我自卑　也让我庄严

莽莽群山　谁的高度
与红色国土一脉相连
风雨如磐的岁月
谁在这里点燃火炬
最早让人民翻身做主
乡亲们欢天喜地
红旗映红了晴朗的天

站在高潭的土地上
我的心里潮涨潮落
唯心中的太阳不落
几十年沧桑巨变
唯高潭的位置不变

清冽的河流　苍翠的青山
红色土壤生生不息
往事演化成图腾
供人瞻仰　吸取养分
一队队膜拜的人群走过
看他们重温过去
让凝固的精神永生

＊高潭：革命老区，中国首批区级苏维埃政权。
在惠州市惠东县高潭镇，现为广东省红色教育基地。

老　区

老区
一直在我脚尖的方向
泊在深深的爱意里
老区
默默藏在大山深处
地老天荒
愚公般移山开地

老区的树　依然苍翠
似乎还挂着硝烟味很浓的传奇
老区的路　大道朝天
还可见一行行带血的足迹
老区人舍得
为共和国的诞生
奉献了一批又一批的子弟

在老区　睁开眼睛是青山
闭上眼睛是土地
质朴和诚实
是覆盖老区最纯粹的种子
手摸这有血有肉的土地
我不能轻松地离去
水能载舟　亦能覆舟
老区呀　是载舟的水

三千弱水承载过共和国的大舟
老区呀　是滋养万物的血液
殷殷的血哺育了共和国的大地

老区安静
没有过多的喧哗
那些厚实的嘴唇
很少提及过去
一声问候　几份米油
在老区朴素的眼窝里
总是涌出滴滴含泪的感激

此时　东江水涌动如初
映山红开得如帜如炬
天空蓝得纯粹
这是否在提示
那些灿烂往事　晴朗天空
很值得我们热爱和珍惜

锄　头

收割的时候
一把绑着红绸的锄头
为何缩在纪念馆一角
空落的身躯

一如产后的母亲
疲惫而矜谨
斑驳锈纹爬上锄刃
还闪烁着点点红星

锄头沉默　持重老成
倔强而又固执的性格
像我周边的乡亲
锄头亲切　贴近农民
对苍天作揖　向土地躬行
锈蚀的锄面　汗渍的锄柄
曾一头扎进生产
勤劳奋斗的品德
与汗水为伴　同老茧相生

有土地就有锄头
手与锄头组成乡村
亘古的原则四海皆准
抡一把锄头　耕耘国土
便养活了历史和人民
脸朝黄土背朝天
先辈们因此世代相承

锄头沉重　感叹过命运
岁月千疮百孔　民不聊生
锄头曾屡次与黑暗抗争

最后借着北斗的照耀

才被红旗惊醒

从此便与镰刀锤头结缘

让自己挺直了脊梁

有了扬眉吐气的表情

流年似水　纪念馆里

锄头往往是一种启示

让人们思考

如何像打磨锄头那样

经常打磨自己

像锄刃那样　磨出血磨出魂

在铁锈中剔出钢

于懦弱中亮出骨头

用锄头的秉性与丑恶抗争

铜　号

纪念馆的展柜里

一只铜号昂起头

你能听到它的澎湃

土地一样的肤色

嘹亮的声音便是泥土的呐喊

铜号盛开在苦难岁月

曾卷起红色风暴

打碎旧世界的形象
有革命者的气概

号声奔涌而来
又缓缓退去
充血的金属喉咙
浓缩了中国人的怒吼
凭借一腔丹田之气
呼唤惊天动地
阳光从云缝散播下来
把流血汇聚成奔涌的洪流
为后人铺平幸福的未来

号声拼尽生命吹出
阴霾会刺破躯体
流血更是一种启示
勇士们前仆后继
成为血　岩浆和旗帜
百年后仍然如歌如泣
在漫山红遍的大地
我们再次踏响它的行板
一遍一遍地回忆

感受传统（组诗）

圣　地

具体到一首歌

一捧小米　一孔窑洞

一群光华万丈的伟人

延安就这样

苏醒一些人的记忆

牵动后人不该淡忘的向往

在一九三六年的雨季

延安以伟大母亲的胸怀

接纳了失血的革命

从此贫瘠的土地

生长出坚韧的生命

小米为革命壮实了脊梁

黄土为先辈纯粹了信仰

窑洞里

锤头和镰刀获得了最佳形象

延安　曾用热血和汗水带走困难

小米加步枪

作为一代人的经典

贯穿了延安岁月

正气的怒火从这里出发

燃成了人民战争的辉煌

一把把厚实的镢头

在炮火的余韵里

垦出了一块块绿洲

勒紧裤带的前辈

不仅养活了自己

也养活了一种理想

延安作为革命成熟的象征

无可置疑地成为圣地

在中国的版图上

是另一种最高的海拔

她所代表的骨气和精神

亮在历史的高处

被我们永远珍藏

歌　声

听一支歌那么多年了

你的声音依然磅礴

许多往事都已褪色
只有那支歌
被风雨和阳光交融着
成为擦拭不掉的底色

那个年月
革命总在歌声中前进
激昂的音符
唤起多少奔涌的血性
从井冈山到大别山
从洪湖到湘江之滨
挽手冲锋的人民
在黑暗中
用歌声点亮前程

凭着这支歌
找到同志和武器
找到人格和思想
前赴后继的先辈
把音符注入血液
重新找到了奋发的力量

若干年后
我追随歌所传递的精神
歌在心里　　路在脚下
把握成长和光荣

马 刀

最后被遗弃的
是一把砍缺的马刀
这生锈的铁器　伤痕如皱
隔着远去的时空
向世人展示一个时代的特征

一生刀光剑影
透过它逝去的辉煌
我们可以去想象
先辈们用握惯镰刀的手
把马刀舞成一道冷峻的风景
以信仰和坚韧
打开了通往共和国的路
当鸽子的翅膀擦亮天空
一个伟人的宣言
使马刀掷地有声

我不知道
从战争深处退下来的马刀
那种红透殷殷的印象
为什么久久让人仰望
这毫无光泽的铁器
曾经辉映我梦中的歌唱

我们一生都被马刀所感动
无数的事物在我们周围
此消彼灭
唯独这把马刀
以圣洁之光
让后人敬仰

马刀永恒
作为现代军营的图腾
马刀里流出的精神
派生出许多现代兵器和后人
沐浴在马刀的背景
我将以怎么样的高度
面对你的卓越和神圣

信　仰

我的仰望
从你的拒绝开始
拒绝引诱甚至生命
多么强大的信念
岩石般的尊严
具有铁的质感
气节如山
人性的高度才敢于升起

砍头不要紧

只要主义真

历史做证

共产党人的头颅是高贵的

先行者死而后已

后继者革命到底

取义成仁　信仰如磐

党的旗帜在如晦的风雨中

永远不倒

为信念死去的人

我在月光下把你缅怀

无数充满敬意的名字

在我的脑海闪回

幸福年代

我打开这些深刻的记忆

一种超然的启示

坚持在我内心深处

坚持在我无尽的行走中

草　鞋

草鞋远离

我们浮华的生活

已经很久很久

只有那些脚印
还散发着稻草与泥土的气息

草鞋的本质是草
与土地有血肉联系
曾经卑怯的脚趾
与草结缘
脚底便有了豪气
前辈们穿着它
行走的表情格外美丽

草鞋的方向
代表跋涉者的意志
一走就是二万五千里
横贯大半个中国
泥泞和崎岖的过程
深化了革命与奋斗的意义

草鞋代表一种象征
它所蕴含的情结
其他鞋望尘莫及
而今我们的足履
在一种长长的虚饰中
陷入斑驳陆离的时髦
思想的触角
已远离泥土的真实

选择一双草鞋吧

它能使你思想之足的走向

更趋向大地

民　歌

植根在民间的土壤

绽放在乡村的花瓣

民歌是一株临风的树

传递百年　渗透历史沧桑

民歌词好

吸大地精华

像庄稼地的青菜

新鲜水灵绿莹莹

民歌曲妙

凝千年经典

流芳百年

民歌是把锄头

耕耘季节

民歌是顶草帽

风雨岁月

民歌是一把好种子

年复一年

种在向阳的坡地

民歌在那条著名的河上
缀下成熟的经典
古老而苦难的土地上
民歌曾作为一种食粮
与红米饭和小米粥一道
喂养了革命
一支支农民队伍
在民歌声中向前挺进
一串串豪迈的脚印
是民歌中最感动的强音

民歌已镌刻成我敬佩的事物
成为一种精神
烙在我的心灵
唱起那些歌
思想便受到洗礼
如烟如雨的岁月
便有不变的秉性

棉　花

在许多织物相继老去的时候
棉花你不老
凉凉的秋意中
总是开着一片洁白的温暖

作为传统作物
棉花不仅温暖了世人
那种物质之上的精神
也温暖了苦难中的共产党人
粗布衫的中国
曾用棉花的营养
哺养一种理想
武装一支队伍

在延安
落日的余晖下
棉花在纺车的轻吟里
加捻革命的高度
在领袖的手中
棉花和崇高思想　　不屈精神
抽芽结穗
终于为中国大地
织就了一床温暖大被

而现在铭记棉花
播种棉花
更有一种取暖的情感
在成长的岁月里
棉花总被搓成
一段长长的路
一头牵着昨天

一头迈向明天
征程漫漫
棉花永远相伴

经典时刻

黎明渐近
田野一片墨绿
这是土地的本性
水稻还在扬花
金色尚在孕育之中
这是经典时刻
扬花的日子
是土地最灿烂的青春

秋实时节
太多的芬芳令人兴奋
倾心的色彩被秋风驮着
幸福就像花香随风降临
田野的花没有粉饰
抽穗是朴素的智慧
下垂是明智的选择
花香丛中
热闹着一顶顶斗笠

热闹着一方方头巾
热闹着一张张女人脸
花芬芳蜂芬芳蝶芬芳
比不过女人额头的汗珠芬芳

不朽的花朵
清水雕出的杰作
在中国民间亭亭玉立
一双双素手　浣春夏秋冬
收割的时候　采摘的时候
音色如练的女子
歌声挂在高处
神矢一样　让人动心

长　城

一

一块砖和又一块砖

一个人和另一个人

两个集体中相濡以沫的伙伴

以并肩作战的姿势

以相互依赖的深情

在生与死的厮杀中亮相

看他们以怎样的无畏

制造历史

又以怎样的悲壮

回报人民

看他们以身铺路　并把信念

带回最初的泥尘

当铁矛　三八步枪和骸骨

一同发现在长城的阳光下

他们在人民的心里

就是一个整体

都有一个共同的名字——
长城

年复一年的枯草
总在寒冷的季节死去
强劲的大风款款而来
刮走飞扬的白云
那些旧去的时光拍去灰尘
辽远的回声成为烙印
浩荡的长风
吹拂着辽阔的大地
也吹拂着来访者的内心
重访长城　沉重的历史
像鼙鼓击打着中国军人
往事如风　岁月叠印
想起席卷而来的马蹄
想起利刃穿胸的将士
想起黑云压倒的故城
坚硬的仇恨与柔软的敬意
破壳而出　昭示后人
记住战争　记住生命
记住并非为了不朽
故事有血有肉　才会感人

二

屹立的是山脉
流动的是江河
长城是守望者
这是我的祖国
她的子民　善良如稻谷
温暖如棉花
信念如磐石
就像长城的每一块砖
面孔朴实　内心坚定
那些洒在长城上的热血
是这个民族的底色

往事的面孔
多是一些浮雕
映现的是长城基座下
一个个不死的灵魂
三千年过去了
这些骸骨还在待命
当年他们倒地的身影
就像噙在嘴里的种子
深深植入语言和课本
阻挡过马刀和子弹的胸膛
凝固着　成为孩子们的惊羡
成为天空中敬献的歌声

三

长风还在吹拂大地

长城仿佛教科书在翻动

但见得　太阳的土地

有清泪两行蜿蜒浩荡

一行黄河　一行长江

但长城比它们更辽远　更悲壮

边墙上　一排排垛口

那些普普通通的石头

乃是战火与烽烟磨砺的牙齿

咬碎过侵略者的噩梦

也咬住了我的思绪

我叩遍砖墙

在每一块砖石上寻找表情

我摩挲大地

向渗透了血的土地送去体温

我问钢铁嚼不碎的山脊

我问山脚军营里涌动的钢盔

长城的砖石与军人的骸骨

为什么一脉相承

对于战争

长城就是一堵边墙

墙后是生与死的天庭

军人守卫着唯一的门

他们是战争的主人

烽火连天的岁月

军人被磨砺成刀刃

由不得你不锋利

由不得你不壮烈

由不得你不牺牲

脚下的土地

头顶上的烽火台

还有碑雕和军营

都是为你成长的至亲

四

屈辱的岁月已经过去

先辈的血与汗滴落

湿润脚下的土地

经年累月堆筑成一种精神

在祖国的伤口传承

铁打的营盘　流水的兵

一代逝去一代又诞生

现在轮到我们

山河纵横的版图

激荡着多少风流

祷告和平　祈愿幸福

驱动着每一种奔涌的血性

把土地爱成国家
把人民爱成爱人
这是根植于中国军人内心的爱情
人活着是为了一种精神
信仰便是生命中的太阳
让人民从军人的胸膛里
感应前进的节奏
从军人踢出的正步中
把握家园的宁静
那排山倒海的韵律
和勇往直前的气势
这是我熟知的军人
这不是一句话　一首歌
一篇文章能说明
军人的荣耀在战争
军人每一处挺立的地方
都是祖国永不后退的长城
唯有在这雄壮的集体
军人才有坚如磐石的姿势
并以磅礴的行进踏破战争

秋意中国（组诗）

升起国旗

现在我必须把一件事做好

用这面国旗把祖国点亮

当黎明渐近

让我用国旗

辉映庄严的乐曲

让民族意志飘拂大地

把灿烂的幸福握在手里

用国旗点亮祖国

谁能说出我激动的此刻

民族基因沉淀于血中

先烈精神悸动在心底

像割不断的脐带终生维系

我想我应该成为果实

奉献芬芳　沁润大地

或者成为叶子　从树上飘落

以平凡生命喧响黎明
甚至成为碑石
以坚定卫护国旗

用国旗把祖国点亮
又像我拉着秋天的手
在丰收中认识真理
我知道一生的幸福
离不开这面旗帜
倘若七十五年前
没有升起这面旗帜
饱经风霜的人民
不知还要经受多少凄风苦雨

尽管这只是假如
但我们决不让祖国回到过去
我们必须前赴后继
把祖国的重轭与情结
负在肩上向前传递
让祖国成为巨人
国土成为乐园
让我们在生命的征途上
弯着沉默的腰
草叶一样地绿
幸福他人也幸福自己

看一座大桥建设

每次路过这座未落成的大桥
我总能听见
叮叮当当的敲击声
这来自钢铁的声音
清脆生动　若洪钟大吕
使我有充足的理由
去抚摸并爱上它
在它冰冷的表层
感受一种温暖的感情

钢铁在桥上撞击
工友锤打每一处链接
铿锵有力的敲打声
像敲击千锤百炼的初心
钢铁在敲打中挺直脊梁
青春在敲打中苏醒意志
不断敲打才能检验人生
钢铁也是我们体内的元素
同样负有坚强的使命
人生就像不断锤打的钢铁
不断在敲击中变强变硬

用钢铁的声音感受这座桥
很能激动人心

它使我们的意志深远坚定
让我们沐浴钢铁般的激励
热爱生活　努力工作
并且深刻领会
钢铁大桥怎样炼成

在罗浮山上望远

天高云淡的秋天
阳光变得斑斓
生机盎然的大地
如同龙门农民画一般
秋风吹过　万物婆娑
摇动树一样站立的我
我放眼远望
激动的心难以自持
睁眼闭眼
都是对丰收的情感

抚今追昔
灵魂深处涌动着诗意
我双手合十　感恩今天
今天是什么
是一队队踔厉奋发的身影
是田野里栉风沐雨的乡亲

是流水线上的你追我赶
是幼儿园里的朗朗笑声
甚至还是葛洪遗留的仙风道骨
苏东坡日啖荔枝的丝丝甘甜

我惬意地吟诵着今天
而身旁的这棵大树
却比我的诗歌高远
它飘下一片片落叶
以善解人意的方言
让我明白这块土地的奉献
它告诉我　每一片土地
人民胼手胝足的故事
每一抔泥土
怎样渗透了血　渗透了汗
先人的足迹
今人的步履
全印在了土地的沟沟坎坎
热爱土地才有今天
无论我们走到哪里
都忘不了对国土的情感

故乡中国

走出机舱

祖国的第一缕阳光

重重地敲在我的脑门上

潮湿便刮过眼角

脸上流着泪痕

踏上端庄的国土

一如大树

把心扎进土地　根一样

走在祖国大地

家乡就是随手一指的地方

步履不是流水

相思弥漫衷肠

苍天后土　如亲如故

还是祖国温馨

我的一生都在仰望

长风吹拂大地

白云漫过村庄

麦子抽穗　飞鸟汲水

这里天堂的模样

《诗经》三百篇唱出风雅颂

庄周黑陶罐飞出蓝蝴蝶

我的祖国有模有样

传说女娲的手抚摸过黄河长江

五千年的流淌　浩浩汤汤

传说敦煌壁画都有跳动的心脏

中华民族自古万寿无疆

传说先人们摇着橹桨横渡海洋

大海中领航的是后羿射留的太阳

爱祖国就要顶礼膜拜啊

我们便匍匐在这片国土上

祖国啊　我们是怀着挚爱

才有了心中的热血

只要为祖国抛洒

都是炎黄子孙的向往

此刻　我定定地站在田野

就像一棵忠贞的蒲公英

无论一棵树　或者一只鸟

都听得见我血液的沸响

心　愿

把自己的心

放在新年的风中

风吹过额头去眺望海

波涛上打开着无数窗子

我看到了自己的身影

已被岁月的风染红

面对暮冬艳阳

为尘埃中的幸福歌唱

守着圣洁和纯真

泪水浸湿了我临风的从容

从幻想到现实　我都是纤夫

本性从来就是追赶光明

对祖国　我不是迟开的花

而是不断奔跑的人

每一片飘落的叶子

都有它的归宿

即使为烟尘　也会留香馨

奔跑者永远年轻

而此刻　海洋深处

落霞猎猎的远处

谁的声音把我召唤

劳动和创造向我挥手

新年要振作起新的愿景

澎湃的大海上

我看见　幸福

正悄悄来临

第三辑
战争与和平

★

新战争与和平（组诗）

迷彩方阵

一浪一浪地　涌动着
仿佛雷霆在穹庐间
从这一端滚到那一端
排山倒海的磅礴
震撼得大地生烟
偶尔会有一两声口令
让旷野肃静　鸦雀无声
这一刹那　在你的想象里
有一种潜藏的力量在聚集
像海啸　像山洪
一旦爆发
便是摧枯拉朽的绿色军阵

这是一个钢铁整体
强大的队伍　集体抵达
那些涌动的钢盔

是最具杀伤力的武器
你必须凝神屏气地感受
他们迎面逼来的气息
仿佛被太阳烧红的剑
坚硬的锋刃发出寒光
刚毅的色彩　岩石的气势
紧握着正义者的声音

此时　你还会在钢盔下
看到一张张黝黑的脸
和一双双发亮的眼睛
看到他们被庄严塑造的表情
这一表情因年轻而生动
看到整个大地
被压在他们的钢盔下
所表现的沉重和热情
看到广袤的国土上
被他们前赴后继地劈开道路

四十多年前
我曾是他们中的一员
此刻正颤颤巍巍地踮起脚尖
泪水盈眶地凝视着他们
那双曾穿过硝烟的眼睛
比战争留下的辙印更深
作为老兵

我要从这些庄严的身影中
感受国家力量
品出和平的支撑

烈士陵园

每到"八一"都有往事
燃成香火　点染衷情
敬仰是一根牧鞭
驱赶着人们年复一年地贡献
走进陵园
是什么总让这些老兵
以手攀缘　摧肝裂胆
褪色的军衣
很珍贵地作为旗帜
飘展在每个人的身上

倒下的英雄
被扶成纪念碑文
安放在陵园
岁月洗去了他们
脸颊上的血痕
却洗不去老兵的怀念
瞻仰的目光　如翠绿的松叶
挥洒在英雄的像前

故事虽被烧灼
但因红领巾的加入
主题历久弥新

雷电令人激动
在倾听中落下雨水
再坚硬的岁月也被滴穿
其实昨天和今天很近
身后的松柏高过明天
明天却是生命的延伸

我无意在"八一"煽情
只是把过去
与鲜花　或者晚霞
相提并论
来到烈士陵园
我没有准备颂辞和祭品
只有一盏不灭的灯
烛照在我们头顶
溢出眼眶的汁液
是我唯一的感情

风　景

台风追着我的心情生成
临河的小叶桉也跟随我的目光
在风中摇曳不停
一些杂音时远时近
拍打着芭蕉
一条界河流过哨所
斑斓的花香搅动我的神经

界河上的涟漪越吹越大
一如我激荡的心情
步枪依偎在怀里
与老妈炒熟的黄豆相偎相亲
无声的寂寞也是无声的惆怅
金戈铁马的场景多年不见
界碑一动不动　　百年不变
让你安宁　　也让你失望

每天眺望异国的山山水水

熟悉的草木让人顿生浮想
日子在水中整齐排列
关注对岸的一声一响
对每一朵浪花登记造册
不放过飞进国土的每一只苍蝇
是我们欲罢不能的职能

多数时候我们也眺望美丽
看情侣在芭蕉叶下卿卿我我
目光追着摩托后座的美女远去
想着窈窕的身影似曾相识
时不时放飞一下心情
却不敢让自己的想象非分
也惦着那件临风而舞的红色风衣
望眼欲穿却再未见她的身影
电话里我告诉朋友那是异国风景
仅仅把它作为一种风景
我们钟情的是天上的白鸽
只有它们才能打动我们的眼睛

再入军营（组诗）

倾听军号

倾听军号　击打战鼓

我听到不一样的天籁

不一样的质感和节奏

与犀利的眼神　坚定的脚步

与沉稳的钢枪　呼啸的子弹

甚至锋利的牙齿和匕首

共振在同一个频率

火一样劲射而出

让周遭的天地发抖

强大的气场像海浪汹涌

你不一定看见它

它却与你如影相随

战旗一样的颜色

飘荡在军营上空

浸淫阵地的泥土

钙化军人的骨头

它有时柔软　有时坚硬

偌大的军营

都遵从于它的命令

旧战场战云密布

海浪裹挟着战车轰鸣

排山倒海的脚步

翻卷起历史的烟尘

你不能说是一种发泄

或是一种雪耻的义愤

而是超越了家仇国恨

是关乎士气的一个具象

一种喷薄于士兵喉咙里

用生命震荡出的感情

预演战争

土地一方　人一方

锦绣山河里的莽莽军阵

都移植在一张张地图上

大屏幕里　铅笔一画

红蓝箭头演绎着战争

伪装网是一种装饰

警惕的眼睛掠过

湿热的风被送进炮阵
海浪一波一波
挑衅着我们的耐心

面对军阵　炮无声
我也无声
伏身掩体
感觉最母性的土地
依然温热
我与炮群守望原野
目光与炮口骤然定格
两种幽深幽深的眼睛
幻想着怎样控制战争
英雄的承诺伏在身边
推动着我们攀爬　腾挪　跃升
猛虎一样迂回和进击
是军人永恒的课题
这叫战火淬炼青春

铁甲洪流　炮声阵阵
周身的血液在偾张
挺立在钢与火的站位
顿觉头颅的重量
假想敌虽然被消灭
灵魂消失在海浪上
但躯体没有远去

又回回站起

所有的命令无论真假

都坚定地执行

和平的日子没有坟墓

只有硝烟和弹壳

倒下是失败的模拟

站起是胜利的过程

被导演过的敌情

遭到猛烈还击

现代兵器的威力

让敌人胆战心惊

他们不敢再觊觎别家果实

也许战争因此不再发生

演习在我们的操控下

一次次撕裂

又一次次愈合

肢解战争的设想渗进梦想

我们自信地擦拭着远去的光荣

邂逅军人

在街上　遇到穿军装的人

总会涌动一种亲切的感情

那些渐渐走远的背影

坚毅冷峻　没有流行性
但比流行的更朴实　更暖心
更令人肃然起敬
我曾经因向往
伫立在一棵英雄树下
凝望并赞美他们

我想象他们像英雄树
挺拔伟岸　顶风抗雨
撑起幸福与光荣
想象他们在连绵边关
以怎样的姿态
丈量国土　擦亮枪柄
想象他们怎样在军号声中
肩起黑夜　点燃黎明
想象他们视生命为剑
在对野心的征服中
进攻与防守　都有铿锵之声

我曾因热爱走进军营
面对军人啊——
我必须方正军姿
才能与你贴近
十指并拢　用心立正
并以枪作笔
为你而歌

让我注目每一座山峰
对古往今来的军人致敬
让我匍匐在每一处陵园
用热泪告慰墓中的英魂
让我背负功勋和伤痕行军
一路亲吻城市和乡村
让我沐浴苦难与幸福两种洗礼
牢记宽容和仇恨

请让我再做一名军人
褪去衰老的容颜
在弹雨中穿越敌阵
让我蓄留沧桑的胡须
拍打过往的征尘
用朴素的笑容面对世事
一生只有一个特征

拥抱春光

让阳光跳舞　让长风歌唱
让春天的火焰擦亮我潮湿的目光
莺啼枝头　花开锦绣
抛别一切凝滞与沉重
春天的光芒纷纷扬扬
激昂的国土
鲜活的节气在萌动
生命在期待中复苏
壮丽依然　辽阔仍旧

响如晨钟的鸽哨
鸟儿般飞翔的翅膀
唤起多少坠入谷底的渴望
摇篮曲从窗内飘出
炊烟升起在村庄
颂歌在风中激荡
在这个春天
谁还能自持住

谁不是踌躇满志　跃跃欲试
谁不是敞开胸怀　放声歌唱

种子撒落的地方
盔缨飘飘　号声嘹亮
战士的脚步踏过大地
扎实的节奏让鸟儿注目
行进在春天的路上
阳光贴在额头
风拍打胸膛
我跃进的身体
充满了潜藏的勇气
握住钢枪　握住梦想
纯粹的人生
乘着春天的翅膀飞翔
阳光　春风　爱情
是我生命的全部营养
无论我站在哪里
都能感受军营投来的目光

瞭　望

表情平淡的蓝天
大地在风中摇着绿茵
河水向东流向海洋
山势向西走向天空
几只山鹰在跨界翱翔
瞭望的目光意味深长

沿山脊撒落的　是我的哨所
就像钢钉铆在祖国山河
梦中的苹果从树上掉落
开花的心事永远在树上挂着
军营的灯盏总在前方
更大的愿景藏于朴素的内心

人在军营　默守成为岁月
我只能选择一种事物热爱
辽阔的山水　高贵的理想
质朴和忠诚

是覆盖军营最纯粹的种子
艰苦的深度就是生命的深度
我感恩这样的人生

披一身绿色战袍
以哨所筑堤规范和平
抑或据此发射　打击战争
我梦里所有的憧憬
都是和平和安宁的图景
怀中紧拥的枪支
是我生命休戚相关的部分
锋猛的利器　我的实践工具
在祖国的南部边境
既沉重　又空灵

多少年了　一直这样
构成我生命中最真实的风景
在俯水而立的深山边境
我　作为一个兵
站成守望的姿势
诠释着疆土的深沉
和平在我们的誓言里
仍像处理初恋
既虔诚　又动情

铭记战争

——献给全国第八个烈士纪念日

多少年后　下着雨
春雨夏雨或秋雨冬雨
在城市的公共汽车亭
徘徊着我的身影
你的身影或者他的身影
喝醉的灯火　发酵的云
雨雾吞没了黄昏

雨是一种怀念的意境
满树的叶子滴着伤心
没有被弹雨淋湿的我
却有泪雨洒落
往事复活成黑鸟
故事虽已苍老
仍常常啄伤我的灵魂

铁打的营盘如流水
好多年前

我被秋风吹回故乡
身后没有了队列
一身褪尽战尘的军装
依旧让人怀念战争
峥嵘岁月已流逝
日子就像这繁华的霓虹灯
作为战争的幸存者
往事常常让我揪心

多少年了
回忆中的号声
总是飘着雨丝
使我难以沉淀内心的战尘
那些熟悉的面孔
青草一样的兄弟
已凝成一尊尊雕像
高过生命的骨头
时时敲打着我的心
此刻　我跪了下来
泪雨模糊　面向南边境
坦然接受他们的敲击
并在我额头
刻下烙印

军　人

从孩子到军人
过程复杂而简单
选择一种事物热爱
向着一种信仰追寻
在直线加方块之间
寻找青春锚地
心灵纯净的空白
像寻常的花朵
开在军营

在铁的纪律中熟悉军服
精神的修炼深入内心
用勇气与铁血的行走
获得沉重的高贵
把自己的血肉做成矛盾
一杆老兵摸亮的枪
看成山河的重量
用毕生的喜悦

捍卫它的质朴与神圣

所有的日子被军号
撕成一缕缕的片段
光荣和叹息都是勋章
守着十五不圆的月亮
用一顶钢盔罩住感情
自古兵营多血刃
以身铺路　并把荣誉
带回最初的泥土
铁打的形式从未改变

风扑来　雨打来　雪袭来
都迎迓　都忍耐　都开怀
高贵的梦想　清贫的时光
连同思乡的泪水
都浸泡在密不透风的营盘
习惯把奔波视为财富
风霜雪雨中阅尽人间
一双极其认真的脚板
丈量边防也丈量人生
在每个途经的地方
每一行足迹
都是刻在大地的誓言

祈愿和平　卫护人民

驱动着奔涌的血性
隐蔽或者出击
都有铿锵之音
站立或者扑倒
都是为了一份忠诚
看重生命
但不把生命当成唯一的生存

记住军旅

牛顿式的梦想还没做完

心中的苹果就从树上坠落

站在浩荡的民间

军营的天空蓝成梦

肥大的军装　宽大的理想

青草一样的年华

被赋予界碑般的情感

遍地都是道路

只有这条路血迹斑斑

多少年后　亲人们

心里还有感动和梦魇

一棵苗到一棵树

连绵的阳光和风雨

青涩的选择被军营打磨

生命中的杂质纷纷脱落

纯粹的信仰　高贵的情感

常常为高大的石碑动容

一盏灯下读通所有的疑惑
对于成熟　只相信时间
就像那些躬耕的乡亲
年年既定的收割

每天把鸽哨般的幸福
泊在军号的节奏里
对一杆枪倾注全部情感
偶尔在梦中想家
为寂寞写下诗行
晚点名时挨连长批评
洪水和地震后接受赞颂
那都是我

手中的枪　和平的利器
我的实践工具
有时会被玫瑰所伤
但在与豺狼的较量中
永远不会弯曲
也不会在血与火的时刻
低头或退却

向　海

浪花盛开的大海

龙的故乡啊

是谁的绳索

牵引我青春的脉搏

带着枪支和诗歌

在祖国的尽头守着爱

殷红岁月被海风雕刻

光荣和叹息都是我的勋章

祖国啊　我将怎样

忠实于这段青春时光

以鱼的形状置身海洋

在礁石与海草之间

选择锚地

我听见我饱满的腮

吸吮着大海的乳汁

身体上升抑或飘降

缘于一种血脉的光芒

一杆浸过岁月的枪
时时刻刻　倾听号响

每天出汗　偶尔流血
用纪律的帽檐盖住寂寞
青春岁月伴随咸雨腥风
质感的阳光和盐
在我额上刻下印痕
单纯的心境像秋天
有多少颗葵花籽
就有多少颗向阳的心
抽出的刀锋
在汹涌的海浪中磨砺
"万里长沙""千里石塘"
阐释主权的语言
因为我们而掷地有声

一根苗到一棵树
十年的阳光和营养
自古铁打的营盘　流水的兵
祖国啊　我知道总有一天
我们会像庄稼一样
被季节收割
但无论走到哪里
永远卸不掉中国海
在肩上的分量

守　望

故乡以外　回归线以南
如风的脚步
涉过八千里路云和月
沧海无垠的祖国啊
此刻我守着弹丸一样的小岛
身边的大海如此生动
满世界都是我的歌

选择一种事物热爱
用毕生的感情
捍卫它的安详和坚定
心灵纯净的空白
像寻常的花朵
接受阳光的抚摸
手握温暖的枪柄
我的姿势如秦俑

浪花埋住的日子

天空蓝成梦想

剑鱼的心思被海挡着

我的头顶从未有过花朵

血液和思想

鸟一样离去

常常会有潮湿刮过眼角

自豪充溢的感觉

风一样吹过

一些翅膀出生　飞远

又有一些翅膀出生

崇高的梦想

平凡的生活

肩上的使命

最朴素的内涵

如同与生俱来的肤色

不可改变

海水咸涩如钙

强化我的骨骼

我的荆冠一次次抵达血脉

使我在守望中不断顽强

前辈的血迹昭示道路

我一直如钢如铁地唱

当兵的人

在秋天的藏南
遇到了一个兵　亲切的
就像我遇到的一棵迎风挺立的白杨

高原的风打落了一切枯叶
寒冷冻着他的梦想
遍布石头的心情
缠绕着他的呼吸
大风袭来
当兵的人只有迎风挺立
挺立就是选择　就是责任

亲近烽燧和浩荡军旅
凡俗的生活
简单的欲望
他是一张尚未落墨的宣纸
用国境线磨损岁月
借军营的雪花取暖

在一片宁静的雪地
郑重地写下狷介的名字
放飞的怀想就来自晶莹的心上

当兵的人
肩上扛着一支嘹亮的歌
把信任提供给所有飞累的翅膀
童年的歌谣只响在梦里
格桑花和小白杨
在朦胧的泪光中生长
随便望着
山下这片冷寂的土地
瞭望的眼神和故乡一样
年龄纷纷扬扬
爱情是一种模糊的痛
夜夜抚摸月亮的伤口
湿了哨所的寂寞时光

在西藏　当兵的人
被雪的光芒经久照耀
很幸福　也很忧伤
一颗眼睛是诗歌
一颗眼睛是哨岗
历尽千山万水
痛苦和幸福
都是他们踏出的脚
踩在不同的旋律上

梦回故乡

静静地离开城市
像一片落叶从喧嚣逃遁
故乡的云悬在头顶
梦里响着回声

日暮乡关何处是
梦中的故乡正缓缓靠近
白云在上　帆影点点
清瘦的苇草　热闹的荷塘
金黄的天空上
童年的风筝已经飘远
一条小河横过岁月
风轻轻地掸去一些灰尘

走进家乡是一种幸福
幸福得让我忧伤
故乡作为一种思念
是游子亘古的梦根

现已成为字典里的抽象
往事不都是云烟
我的怀念却是永恒
一生的记忆支离破碎
故乡是唯一的完整

一路上我都在轻轻地唱
儿时的歌谣使我兴奋
无论我走到哪里
总有乡音如影随形
走在故乡的路上
注定要用尽我的一生
这就是为什么
故乡总是一种牵引
拴在游子的心坎
是挥之不去的人性
我的感恩真实如阳光
永远覆盖着淳朴的乡情

四十年的意象（组诗）

那一年

那一年　冬天特别冷
大雪落下来
打湿了一些伸开的手掌
光秃秃的柳树上
一只乌鸦一动不动
仿佛期待着某个时辰
不远处的汨罗江
还漂着两千年前的粽叶
我在江边徘徊
常常遇见那位投江的老人

那一年　我在湘北的一座军营
手持一杆温暖的钢枪
或是一柄亲切的锄头
守着铺满田野的落叶
勤恳地干着农民的营生

日升而作　日落而息
寒冷常常冻坏我的翅膀
宽大的军装灌满了风声
我和农民一样期盼春天
陈旧的目光带着血痕
思想的阡陌爬满激情

那一年　沉默的天宇
响起一声沉雷
挂在柳树上的那只喇叭
摇撼着一颗颗蛰伏的心
久望的声音引来泪水
人们奔走相告　歌而击壤
失血的土地开始泛起红潮
追求的愿望在升腾

那一年　我的血肉被融化
所有的声音
只能用骨头来倾听
我开始设想
随后的日子
水会流向高处
栅栏将会拆除
风景将被开放
该有一些美好的事物
被阳光照耀　美丽着人民

滚滚红尘

将带来果实和花朵

也会有苍蝇和堕落

但我没有因苍蝇而堕落

而花朵和果实却预言了

我整整的一生

一只蚂蚁

雷雨之前　风改变了方向

这使我有些犹豫　开始等待

这时我看见

一队蚂蚁浩荡而过

它们搬运食物　迁徙巢穴

不慌不忙　从容坚定

当太阳躲进云层

风阻止着它们的行进

一只蚂蚁却往石壁上爬

风摇晃着它的努力

它一次次跌落下来

又一次次重新爬起

观察蚂蚁是我自小的习性

我的成长得益于蚂蚁真经

你看　多么微小的生物

一阵风就能把它们摧亡
但它们临危不惧　从容不迫
坚定地在自己的路上行进

看着那一只蚂蚁
我的眼睛有点湿润
默默待了一会儿
身体却在蚂蚁重压下下沉
这晚我辗转反侧　开始失眠
我默想一群羊的偏方
从一数到一千
却从羊数到了一队蚂蚁
我不明白　蚂蚁
与风雨抗争靠什么力量

蚂蚁一生跌跌撞撞
跌倒了又爬起来前进
它的执着来自它的责任
仿佛西西弗斯的快乐
这是一条成功的捷径
等待不如行走
我得蚁模蚁样
做一个弄潮儿
不如做一只蚂蚁
沿着蚂蚁的足迹
无路可走便辟路而走

跌倒了　爬起来再前行
是自然而然的事情

听一首渔歌

南海边的一座渔村
落日　海湾　渔舟
还有南来北往的红尘
大风起兮
所有的生灵都在仰望
西边天空的那片云
云朵下面浮动着久远的歌声
那些忧郁的面孔
连同大海的梦想
被歌声搅动
比白云更辽远的心愿
在晚霞中开始安歇
久逝的风声中
渔歌的旋律荡气回肠

海为长风　梦为翅膀
渔民的歌声像盘旋的海鹰
放浪形骸的高亢
无拘无束的陈述
在海浪的跌宕中流淌

内心深处阴晦的部分

被歌声轻轻擦去

大海开始平坦

快乐不再天高地远

只要有渔歌相伴

幸福会将渔村照亮

乘着歌声的翅膀

我在霞光中眺望

我看到生命的热情

村歌社舞飘着海的芬芳

我看到歌声穿透岁月

渔民的喜悦通体透亮

长江纤夫

一条古老的大河

五千年的不羁

一万里的豪情

青天在上　风雨兼程

暮霭中有火焰在燃烧

点燃漫天的悲壮与雄浑

汗水卵石般滚满河滩

岁月在岸边匍匐爬行

万年的江河　千年的船

牵动在这根根纤绳上
这千年命运的求索
这子民生计的奋拼

弓着腰　匍匐着全身
让力量从肩膀上延伸
用粗粝的纤绳　驾驭风波
巧妙绕开暗礁险滩
不使岁月搁浅
逆水行舟　不进则退
多少年　就这样
从风浪的啸傲中挺过来
砥砺前行的脚印是证明
高亢奋力的号子是证明

江河在天地之间
生命如河流
狂澜掠不走的执着
风雨打不倒的航行
使江水潮汐般退去
纤夫的旗帜
在仰望的目光中
缓缓升起
只要还挺着脊梁
就有力量推动航船前进

祖 国

孩子们请把书打开
翻到课文——《祖国》
让我们携手进入这个名词
进入新生后的阳光与空气
让我们稚嫩的胸膛
舞动起还有余悸的翅膀
轻轻地掠过废墟和家园
寻找这一名词的意义

灾后余生的孩子
在阳光如初的帐篷小学
在教科书的文字里
认识祖国
在抗震救灾的喧嚣中
感受祖国
一次次经受灾难磨砺的祖国
在灾难中站起来的祖国

灾难使祖国的烙印深刻

孩子们　我们高声朗读祖国

实际上就是呼唤自己

与祖国一脉相承的血脉

作为刻骨铭心的经典词汇

祖国与母亲

有着极其相近的血缘

这个贯穿十四亿颗心的名词

内蕴着万众一心的血性

五十六个民族是她的词涵

五星红旗是她的词魂

孩子们　让我们手持哈达

沐浴在这个名词的光芒里

感受温暖　幸福一生

我爱的中国（组诗）

国　歌

秋天　阳光落在房顶
向日葵开了三次
鸟儿从林中落下又飞起
田野里的花朵翻滚着血浪
一支雄健的旋律飘来
掠过鸽子和苹果
呼出水的绵延　山的巍峨
酣畅在每个中国人的心上

唱起国歌
那是一种什么感觉
你无须酝酿情感
力量的大水冲决一切
我看到万众一心的划动
在如歌的行板中
胸膛里涌动着波浪

我看见先烈们穿过枪林弹雨

踏着你的节拍挽手冲锋

一批一批　义无反顾

留下如雷的吼声

我看到遍布田野的红高粱

种子在歌声中破土而出

绽放日夜飞翔的梦想

而我　正深深地仰望国旗

心灵的歌声

犹如美好的憧憬

朴实而又意味深长

被国歌的光芒照耀

很幸福　也很悲壮

没有什么歌像国歌那样

引我们这样豪情激昂

让人不禁想起祖国

想起音乐生长的地方

国歌是一只巨大的手掌

暖着我的心房

让我们操持真诚的律吕

责任与梦想

始终是诗歌的两只翅膀

国　旗

国旗亮在生命的高处
不可企及的海拔
提示世界一种仰视的高度
是神圣和庄严的写照
国旗飘在人民的心里
巨大的翅膀掠过
是对国土的抚摸
是人民心中的灯盏

为每一只鸟指引回家路
为每一棵树铺就成长道
火一样的性格
风一样的形象
国旗鲜亮着秋色
湛蓝的天和洁白的云
都是人民的心愿
站在国旗的对面
让你自豪　也让你庄严

仰望的永远仰望
挚爱的终其一生
仰望国旗
便会想到举旗的人
那是一个民族的根

土地在它的下面

种子埋得很深

包括万物与灵魂

无论我们让血液沸腾

还是为梦想插上羽毛

都会以旗帜的名义

释放豪情和勇气

向祖国述说

在所有的爱情中埋下你的名字

在所有的创造中留下你的烙印

在每一颗跳动的心上呼喊着你

祖国　我亲爱的祖国

这是一腔子规啼血的呼唤

像月引潮汐般忠诚和圣洁

这是一声来自五千年前的合唱

像风吹麦浪一样生动和壮阔

祖国　我亲爱的祖国

心脏珍爱血液　我爱祖国

肺叶珍爱空气　我爱祖国

爱你"关关雎鸠，在河之洲"的《诗经》

爱你"路漫漫其修远兮"的求索

爱你"海内存知己，天涯若比邻"的宽宏

爱你"野火烧不尽，春风吹又生"的坚韧
爱你小康路的富足
爱你中国梦的气魄
你的贫瘠与繁荣
你的辉煌与伤痛
你的一沙一石　一草一木
我都爱着　爱着
即使你沉重地叹息
我也坚忍着泪水　沉默

这爱是几千年流淌的血脉
仿佛盐使血液保持秉性
这爱是中华民族的精神
是后来者要坚守的品格
祖国　我亲爱的祖国
无论大江南北　黑夜白昼
无论风来雨去　光荣耻辱
我都是你忠诚儿女中的一个
吸吮你的乳汁长大
经受你的风雨磨砺
成为苍劲的大树一棵
祖国　我是你最平凡的子孙
日落而息　日升而作
普通的就是身边的他和我
你却给予我山岳般的爱意
赋予我钢铁的属性

而我能报答你什么呢
化成你参天大树的一根须
为你的收获奉献全部血液
作为你长城上的一块砖
用生命卫护你的巍峨

藏地黄花

一朵花的开放在雪地完成
花蕊分割出钻石和黄金
无法褪尽的香气融进雪里
装扮了这座小镇
像一颗颗黄色太阳
把雪水逐渐温暖
草尖上的露珠多么轻盈
整个世界都挂在画里
寂寒的高原有了模样

选择荒原　选择遥远
选择从亚热带到高寒带的跋涉
带着兄弟省的温暖
把党的旗帜变成火焰
红色的围巾飘过严寒
从身体的伤口开出花朵
燃烧是花朵的悲壮

风雪的刃　斫你
太阳的芒　蜇你
用雪花洗浴　净化心灵
你不仅有内心的坚实
柔情的种子
在严寒中绽放
与荒寂和荆棘为伍
与土地浑然一体
漫漫长路　冰天雪地
藏地黄花的光亮
照见心灵
你的一生永远是花期

记住英雄

——纪念中国人民志愿军抗美援朝出国作战
七十周年

英雄回家

那一天
鸭绿江哭湿了整个中国
十四亿人民俯身于他们
沉重而肃穆
运送你们的飞机已过了国境
全世界仍然睁大着眼睛

鲜花拥戴过
枪声炮声安抚过
这是钢铁熔化的英魂啊
他们如钢如铁　勇往直前
以至冲得太远
在异国土地上走完短暂的一生

太阳升起的时候
我们在不同纬度上垂泪

鲜花和泪水

是我们外化的心境

英雄们倒在异邦

这使我想到

在火焰中沉睡的邱少云

风一来　他们又回到了母亲的怀抱

就如当初被分娩一样

回到祖国　又是新生

他们是遗骸　也是英雄

还是曾经活生生的儿女

战争夺走多少儿女

就还给祖国多少英雄

这个体会

出自曾被战争凌辱的人民

七十年的英魂渗透内心

祖国上方

永远闪烁着英雄的眼睛

和他们的灵魂对视

我为一种光芒激动

它的照耀　令我警醒一生

火线宣誓

敌人的十九次冲锋退去
战斗间隙
枪炮声随硝烟飘走
阵地上死一般的沉寂
钢盔　断枪　炸裂的履带
雪地里几颗散落的弹壳
闪烁着瘆人的寒气

铁色云底
太阳从云缝里钻出
战壕里　一个　两个　三个……
挺起一个个褴褛的身姿
他的军装满是烧痕　还有弹洞
他的头颅绷带上渗满了血迹
而他　拄着步枪代替失去的右腿……
他们都像铜像
以站立的姿势钉在大地
背后是雪山和整个落日

指导员把一件血衣擎起
像挥动一面血色旗帜
几只握紧的右手缓慢举起
坚定的眸子里飘扬着血衣
炮火中找不到完整的旗

一件血衣就是党旗
他们的面孔庄严　神圣
把头颅权作誓词
以视死如归的气概守住阵地
这个过程让人想到
一种神圣的经历

旗帜在飘　猎出风雷声
伴着誓词在阵地上飘扬
高举的血衣
如一片百年不蚀的红云
升腾着一个民族的紫气
现在正是需要旗帜的时候
无限的敬仰使我们追随
他们的生命在阵地上结束
还有更多的生命在阵地上开始

再唱《我的祖国》

在流行曲的阴影里
在超越时空的异国坑道
我们用前辈的嗓音
把嵌进历史的乐谱
一遍一遍地传唱
让那些流淌着大爱的音符

流向饥渴的小草
赶走觊觎的豺狼
把包裹在异国土地的梦想
无声无息地带回祖国

这是一曲东方的歌
一条波浪很宽的大河
鲜活的植被　飘过的白帆
艄公的号子　嬉闹的童年
我们家都在岸上住
看麦子抽穗　飞鸟汲水
看母乳滋润城乡和兄弟
看一些人为了尊严扑向前方
将身躯扎进河里
激起一片片落叶

岁月之帆远去
一些不该淡忘的往事
在歌声里浓烈
循着歌声进入
我们忘不了那些情节
这条河不仅滋养我们的躯体
还让我们挺直了身子
柔中有刚啊　拍岸的气势
传递着一个民族的本色

我们歌唱这条大河
就是要把英雄血想象为河之源
这个民族以河为纽带
手挽手在向往中跋涉
就要把这条大河当乳汁
羔羊跪乳　不断汲取前进的力量
为了这条河　我们枕戈待旦
我们的身后
战争与和平轮回着
最好的和平是一首最好的歌
那就是《我的祖国》

祭奠父亲

如果满天的泪雨是我的诗行
我祈愿我写完所有的悲伤
九年的别离恍若眼前
曾经的光影　梦一样
辉映心中的荣光
历经坎坷的沧桑
雨打风吹的顽强
一切都弹笑如唱
父亲呀
刚刚卸下满是泥土的重轭
您又去了另一世界拓荒

如果父亲的爱也会被埋葬
那孤寂的坟场
永远是我祭奠的圣堂
当亲情再次抵达
谁会说那是悲痛的具象
人生可以起伏

但生命不能彷徨
天若有情天亦老
人间何处不沧桑
您的沧桑是我一生的干粮

如果说父子的交流在心上
三叩九拜也好
热泪纵横也罢
真正的祭奠是无言
纸花如菊　在香火缭绕中
飘过如泪的衷肠
在行色匆匆的他乡路上
沿着您瞩望的方向
我走得如铁如钢
捷报纷飞当纸钱
愿我一纸灵魂的悲凉
把您祭奠
祭奠成一道永远的烙伤

后 记

这大概是我的最后一本诗集。少年读诗，老来看史，毕竟自己已老，要服老，写诗应当属于年轻人。

杜甫说："白日放歌须纵酒，青春作伴好还乡。"诗歌确实与青春有缘。回想我们年轻时，有几个学子是不爱读诗的呢？那些走上文学道路的，又有几个不是从诗歌起步的呢？青春是诗歌的生命，诗歌乃青春的旗帜。唯愿青春的心灵永远洋溢着诗情画意，年轻的生命不断有诗意的滋润。

对我而言，诗歌既是一种表达情感的方式，也是一个渴望崇高、呼唤进取的工具。它不仅让我在喧嚣中寻得宁静，在孤独中找到共鸣，更让我在世俗中保持纯真，在物欲中不至于堕落，永葆了那份昂扬向上、不断进取的青春。现在呈予读者的这本诗集就是我这一心态的成果，它见证了我人生的喜怒哀乐，也记录了我对生活的感悟和对世界的理解。在这里，你也许会看到比我过去几本诗集多出的一份灵魂的沉思、一些生命的释然、一种行走的力量，还有一种静观沧海桑田的定力。但愿这本诗集能给读者带来诗意的滋润和人生的启迪。

作为一名悄无声息的诗歌写作者，由于职业和职务的关系，我很少参加"诗歌沙龙"之类的活动，更没进行过"科班"学习。但在我的诗歌创作中，我深受中外诗人和文学界朋友的影响，他们的作品如同一盏盏明灯，照亮我前行的路，激发我的创作热情。有他们的影响和帮助才有了我的成长与收获，我内心的感激不言而喻。我还要感谢一直支持我的妻子、各位家人和朋友，他们的鼓励和关爱让我在诗歌创作的道路上更加坚定和自信。正是因为有了他们的陪伴和支持，我才能够在诗歌创作中保持初心，持之以恒，潜心笃志，踔厉而行。

诗歌是一门"雅"的艺术，也是沟通心灵的艺术，它穿越时空，连接过去与未来，沟通不同文化背景的人们。为此，我希望我的诗歌能给人们一份纯真与美好，愿每一位读者都能在我的诗中找到属于自己的那份美丽和感动。让诗歌成为桥梁吧，通向真善美，通往崇高与胜景。

肖 红

2024 年 12 月 3 日